箒《ほうき》に人が乗ってる！
まさに魔女！

空間が裂けるかと思っていたら、突如視界が切り替わりました。

正面には巨大な門があり、手前ではなにかが

台の上にある輝く球体の上で揺れ動き、低い音を発しています。

エリーとアビーですか。
勿《もち》論《ろん》その背後には
レティさんとドリーさんが。
「ドレスとメイド服、
無事に買えたのですね」

Free Life Fantasy Online

フリーライフファンタジーオンライン

~人外姫様《イモータルプリンセス》、始めました~

6

子日あきすず　NENOHI AKISUZU

ILLUSTRATION Sherry

登場人物紹介

アナスタシア
主人公。リアルでの名前は月代琴音（つきしろことね）。通称姫様。種族は幽世の王女（アーウェルサプリンセス）。不死者のプレイヤーに恩恵を与えるお姫様。武器はアサメイと本で、防具はドレス。アサメイはパリィ用で、主体は本による魔法。アサメイによる光剣で、よりＳＷ感が増した。

アルフレート
首なし騎士であるデュラハン系統。冥府に到達したことでネザーデュラハンになった。装備はバスタードソードに大盾、種族由来のフルプレート。ＰＴではメインタンク。

ほねほね
通称スケさん。スケルトン系の人外プレイヤー。種族はリッチ。装備は長杖。スタッフと言われる長い木製のあれ。ＰＴでは純魔のアタッカー。

アメ
双子の男の子。宝石にある『アメトリン』のアメシストの方。種族はレイス系。半透明の人型で、髪と目が薄っすらと紫色。一人称が自分の名前の元気系。シンクロタイプ。

トリン
双子の女の子。宝石にある『アメトリン』のシトリンの方。種族はレイス系。半透明の人型で、髪と目が薄っすらと黄色。一人称が自分の名前の元気系。シンクロタイプ。

アキリーナ
主人公の妹。リアルでの名前は月代秋菜（つきしろあきな）。種族は人間。装備はハルバードと革系。お姉ちゃん大好きだが、同じＰＴかというとそれはそれ。リア友２人とネットの友達でＰＴを組んでいる。ＰＴポジションは遊撃。

トモ
主人公幼馴染み一号。種族は人間。装備は本と布系。ＰＴでは魔法アタッカー。

スグ
主人公幼馴染み二号。種族はジャイアント。装備は両手鎚と革系。ＰＴでは脳筋アタッカー。

エリーザ
主人公の幼馴染みの社長令嬢。通称エリー。種族は人間。装備は鞭と布系。

レティ
エリーのお世話役。種族は人間。装備は短剣と布系。

アビー
妹の幼馴染みの社長令嬢。種族は天使。装備はハリポタ的なワンドと布系。杖はステータス補正を得るためだけに装備しており、使用していない。人形が本体のマリオネッター。

ドリー
アビーのお世話役。種族は天使。装備は格闘武器と布系。

セシル
「暁の騎士団」のギルマス。種族は人間。装備は双剣と革系。見た目は乙女ゲー出身のイケメン。

ムササビ
「ＮＩＮＪＡ」のギルマス。忍者とかではなく、スレイヤーの方。間違いなくゲーム楽しんでるマン。

ミード
エルフの姉貴。装備は長弓と革系。ザ・エルフ!って見た目の狩人。

フェアエレン
空飛ぶの大好き妖精。複合属性の雷系妖精エクレーシー。

モヒカン
お前ゲーム違くね?状態の世紀末ヒャッハープレイヤー。ロールプレイヤーの鑑。装備は短剣と革系。それと汚物消毒用の火系魔法。ミードによるとヒャッハー系良い人。

調べスキー
検証班のギルマス。種族はエルフ。スキルの検証は勿論、世界設定など幅広く情報を集めている。

エルツ
《鍛冶》スキルの上位層プレイヤー。種族はドワーフ。豪快系ロールプレイヤー。鉱石＝エルツ。

ダンテル
《裁縫》スキルの上位層プレイヤー。種族は人間。SSで値引きしてくれる。レース＝ダンテル。

プリムラ
《木工》スキルの上位層プレイヤー。種族は兎獣人。リアル中学2年生。桜草＝プリムラ。

サルーテ
《調合》スキルの上位層プレイヤー。種族は人間。白衣にメガネでそれっぽい。健康＝サルーテ。

ニフリート
《細工》スキルの上位層プレイヤー。種族はマシンナリー。翡翠＝ニフリート。

シュタイナー
「農民一揆」のギルマス。麦わら帽子にツナギ装備で統一されていて、武器は当然農具。

住人（冥界）

宰相
冥府にある常夜の城にいる宰相。不死者達のまとめ役。

スヴェトラーナ
通称ラーナ。軍の総隊長。南にあるディナイト帝国の過去の英雄で、主人公の剣の師匠。

エリアノーラ
主人公の離宮で、主人公のお付き。主人公がいない間は色々している筆頭侍女。

ティンダロスの大君主　ミゼーア
通称ワンワン王。可愛く言っているが、全然可愛くはないし、何なら犬ですらない。犬っぽいなにか。ティンダロスの猟犬の親玉。

住人（地上）

メーガン
主人公の錬金の師匠。錬金のコツやレシピとかを教えてくれる。それなりのお年。

ルシアンナ
始まりの町の教会にいる大司教。メーガンと同年代ぐらい。

Contents

挿絵:Sherry
デザイン:浜崎正隆(浜デ)

01　ハウジング

　ただいまベルステッド。

　まずはＰＫの懸賞金を預けましょう。１人５万で30万がシステムから。そして本人達が持っていた所持金少々。実に美味しい臨時収入です。組合へ預けて、掲示板の魔法板に【リターン】の情報を載せておきましょう。

　始まりの町、東の第二エリア、ベルステッドは既に格下なので、東の第三にある町、バルベルクへ飛びます。


　相変わらず東はプレイヤーが少ないですね。第三だから余計ですか。

　おや……あれは機動部隊の部隊長だった人ですね。ワイバーンを連れているのですぐ分かります。

「おや、こんにちは姫様。イメチェンしたんですか？」

「ごきげんよう。進化して装備が変わったついでに少々髪型を弄りました」

「なるほど、お似合いですね」

「ありがとうございます。しかし、東でテイマーを見たのは初めてな気がします」

「この子をテイムしたのは良いのですが、少々問題が発生しましてね……」

「……食事ですか？」

「ええ、見ての通り大きいので食べるのですよ。肉食ですからそうなると東だな……と」

「確かに一番生肉のドロップが多いのが東ですね」

「それがですね……今回分かったのですが、解体せずに丸ごと食わせた方が早くてですね」

なるほど。死体丸々取り込んだりできるのですから、食事も可能ですか。

大型肉食系の食事を考えると、動物系の東に来ることになるんですね。となると、今後テイマー系を見る機会も増えそうです。

なお、とてもモザイクの入る食事風景な模様。システムが見せられないよ状態にするようですね。

「ついでにこの辺りなら、経験値も美味しいですからね。では、行ってきます」

「行ってらっしゃい」

テイマーの男性を見送り、私も一号をワイバーンで召喚して南へ飛びます。相手は格上のため囲まれると死ぬので、森の入り口で降りるとしましょう。

森なのでワイバーンは切り替えですね。スケルトン、アーマー、アウル2体にしましょうか。ウルフは背中に腕2本追加するので、どうしてもコストが……。しかしウルフの速度は魅力的です。レベル上げついでに取り込んで、キャパシティを増やしましょう。出るのはトロールとオーガですから、美味しいはずです。ドロップはゴミですからね、取り込みで良いでしょう。

いましたね……トロールバーバリアン。エリアが変わったので敵も強くなり、持っているのは両手斧《おの》。丸太から武器になった分、攻撃力が上がっているでしょう。他の敵がいないので、早速。

アーマーには増援のタゲ取り用に待機してもらいます。アウル1体は攻撃を控えめに、周囲警戒を優先させます。今回は型の練習かつ、近接スキルも上げたいですからね。

【ダークランス】をバーバリアンへ撃ち込んで……約3割ですか。適正レベル帯ではまあ、こんなものですか？　いや、体力が多い動物系で、バフなしなら上々ですかね。

走ってきて両手斧でジャンプ斬りは……逸らしたら地面を叩《たた》くわけで。その隙に刀身の属性を「死」に変え、返し手で斬りつけます。そのまま【バインド】を使用し、【レーゲンレイト】で弱点狙って6連突。

あ、死んだ。これでは型の練習になりませんね。レベル上げなら良いのですが……このコンボは封印しましょう。本来ならひたすら確殺コンボで良いんですけど、《古今無双》にセミオート機能がない以上、練習するしかありません。キャパシティも美味しいので次を探しましょう。

ここにいる敵は掲示板に書かれている通りのようですね。トロールのバーバリアンとクラッシャー。オーガのソルジャー、グラップラー、ガード、シーフ。シーフが結構不意打ちを狙ってくるので、そこだけ注意でしょうか。

トロールは自動回復能力が高いので、火力不足だと辛いですが私は問題ありません。強いと言うよりは厄介ですね。そしてオーガが強い。技量系ではなくパワー系。身体能力でゴリ押ししてくるタイプです。

問題なのが、ついに敵がアクティブのアーツを使いだしたこと。バーバリアンが《両手斧》で、クラッシャーが《両手槌》。ソルジャーが《両手剣》で、グラップラーが《格闘》、ガードが《片手槌《づち》》と《大盾》で、シーフは《短剣》ですね。それぞれのアーツを使用してきます。

逆に楽なところはリンクしていないこと。近接しかいないというのも利点と言えますかね。つまりソロ向け。ただ、敵自体は強いのでベース経験値としては微妙？　私の目的はスキルの方がメインなので問題はありませんが。

「一号、タゲもっといて」

増援で来た1体をアーマーに抱えさせます。その間にバインドからのアーツで弱点を突き刺し、戦ってた敵を倒して一号とチェンジ。

とりあえずこれで安定ですね。もし3体目、4体目と来るならアウルに攻撃させて空にいてもらいましょう。空のプレイヤーにとっては楽な狩り場ですね。効率的に見ると微妙寄りでしょうか。

やはり下僕達を見ていて気になるのは……装備できる素体とできない素体でしょうか。カスタムで腕生やすなりすれば可能にはなりますが、問題はコストですね。

霊体系の召喚ができないのも気になります。取り込むだけでゾンビとスケルトンの素体は手に入りますが、霊体系は元々ないのか、何かが足りていない。魔法攻撃ならアウル素体ではなく、霊体系の方が良いと思うんですけど。

ゲームが始まってもうすぐ2ヵ月が経とうとしています。……まだ2ヵ月ですか。エリア的にはまだ第三エリア。しかも未開の地にはほぼ手を出していない状態。まだまだやることは沢山。

自分の装備強化はできたので、次はまだ先でしょう。下僕の装備は……鋼でしたね。コバルトハイスは飛ばすとして……その上はまだ不明でしたっけ。モリブデンとバナジウムが第三エリアの鉱山、その浅めで出るとして……それ以上を狙うならそこそこ潜らないとダメそうですね。

東以外の第三エリア開放をとりあえず目標にしましょうかね……？　判明しているのは北東フェルフォージ。北西ベラフォント。西がまだ不明で、南が海。

《錬金》と装備を考えるなら北東と北西ですかね。

《古今無双》がそう簡単に上がるとは思えませんし、《魔法触媒》上げが優先でしょう。1次スキルなのでとても上がりが早いので、ログインボーナスのスキル上げも使い時ですかね。使用期限がありますし、効果が切れたら撤退でいいでしょう。それまでは戦闘集中で。

さて、殺りますか。

《《魔法触媒》がレベル10になりました。スキルポイントを『1』入手》
《《魔法触媒》のアーツ【マテリアルバリア】を取得しました》
《《暗黒魔法》がレベル30になりました。スキルポイントを『2』入手》
《《暗黒魔法》の【ノクスレイ】を取得しました》
《《魔法触媒》がレベル15になりました》
《《魔法触媒》のアーツ【マジカルブレイク】を取得しました》
《《影魔法》がレベル5になりました》
《《影魔法》の【シャドウファング】を取得しました》

ふー……効果も切れましたし、こんなもんでしょうか。

《古今無双・一刀流》と《空間認識能力拡張》はアーツなしですね。この2つはスキルレベルによる影響が補正しかないのでしょう。


【マテリアルバリア】

物理攻撃を防ぐ盾を前方に展開する。

【ノクスレイ】

闇の高貫通レーザー攻撃を放つ。

【マジカルブレイク】

持っている魔法触媒で飛んできた魔法をぶん殴って破壊する。

【シャドウファング】

影からオオカミのアギトが襲う。


んー……あんま使うのはなさそうですね？

敵が直線に並べばレイ系は使えなくもないでしょう。が、エクスプロージョン系の方が確実に使いやすいでしょう。扱いづらいのは威力が高い……が、お決まりではありますが。

【マテリアルバリア】と【マジカルブレイク】も、スケさんの様な純魔の人なら使うでしょうが……パリィと反射のある私は微妙ですね。エクスプロージョン系には使えないと思いますし。

【シャドウファング】は使えると思います。私から飛んでいくのではなく、対象近くの影からの発生ですね。不意打ちが可能ですから、悪くないはずです。問題は光源の位置によって、向きが決まってしまうことでしょうか？　それでも大体は足元からになると思うので、悪くないはずです。

まあ、ビルドや戦闘スタイルによって使わないものがある……なんて、珍しいことではないですからね。選択肢が増えるだけで、使わなきゃいけないわけでもありません。

【リターン】でマイホームに帰り、下僕達を送還。

そして自室でのんびりしながら、ハウジングメニューを確認します。

キッチンだけでも３種類ほど。料理の品質やバフ効果にボーナスですか。それに加え、ハウジングバージョンの各種セット達があると。これ揃《そろ》えるだけでもお金が飛びますね。

［家具］　クッキングボックス　レア：Le　品質：C　価格：１００万
料理に使う食材を収納することができる箱をホームに設置する。
無限収納。

強いて言うならこれが欲しいです。１００万ですが、食材限定とは言え無限収納は嬉《うれ》しい。

錬金も３種類。無限収納もありますが……錬金素材ではなく、錬金で作った物をしまえる棚のようです。錬金に使える素材が多過ぎるのが原因でしょう。

［家具］　ケミカルルーム　レア：Le　品質：C　価格：改築70万／増築130万
部屋自体に錬成陣を刻み込み、恩恵を得るための改築または増築を行う。
錬金品質：大。

［家具］　ケミカルシェルフ　レア：Le　品質：C　価格：100万
錬金成果物を収納することが可能な、壁1面を占領する錬金棚を配置する。
無限収納。

部屋が余ってるなら安く済みますが、増築だと結構な額が飛びます。私の場合は離宮なので、部屋は余りまくっているため安く済みますね。

ケミカルルームとケミカルシェルフで170万ですか……。全財産の約半分が飛びますね。部屋とかより収納が高いのは、MMOお決まりでしょう……。データベースはただではありません。

〈アキリーナが訪問してきました〉

おや、リーナですか。こちらに通してもらいましょう。

「やっほーお姉ちゃん」

「いらっしゃい。まだ何もないけど」

「これから改造ー？」

「今項目確認中。ん……？　ふふっ……」

「なになにー？」

リーナにも見えるよう、ウインドウを可視化します。


［家具］　魔野蚕《まやさん》　レア：Ep　品質：C　価格：40万
命懸けで罠《わな》を突破し、野生の魔蚕を捕まえてきた。

魔蚕はとても魔力と相性の良い糸を吐き出し、自在に操る。

彼らの糸はワイルドマナシルクと呼ばれ、王侯貴族に重宝される。

ちなみに繭に見えるものは、安全に暮らすための罠兼家である。貴様は今日から野宿だ。


「マイハウスがー！」

［家具］　魔家蚕《まかさん》　レア：Le　品質：C　価格：80万
魔野蚕が味を占め……飼いならした。とってもお利口さん！
彼らの糸はロイヤルマナシルクと言われる。
しっとりツヤツヤで、小物を持っているだけでもステータスな憧れの超貴重品。

「ご飯と交換してあげる！　太さはどのぐらい？」

「……逞《たくま》しいね」

「とりあえずこれでシルクは採れるようだけど……」

「ダンテルさんそんなこと言ってたかなー？　これ出るのに条件あるんじゃない？」

「……部屋のサイズが一定以上とか？」

［家具］　魔蚕育成ボックス　レア：Ｎｏ　品質：Ｃ　価格：30万

魔糸を吐き出す魔蚕種の養殖に使用する箱。

［家具］　魔蚕育成ハウス　レア：Ｌｅ　品質：Ｃ　価格：改築50万／増築90万

魔糸を吐き出す魔蚕種の養殖に使用する部屋。

「ボックスがあるわけだし、違いそう」

確かに箱があるならサイズは無関係ですね。宰相は知っているでしょうか？

いや、待てよ……宰相よりも侍女に聞けばいいのでは？　一切動かず喋《しゃべ》らず待機していますが、いますからね。

「魔蚕種は知っていますか？」

「勿論《もちろん》です。彼らはマナの濃い土地を好みます。と言うか、少ないと死にます」

「マナとはなんですか？」

「空気中に漂う魔力がマナ。個体が保有しているものは魔力と思って構いません。今の地上でもそうかは保証しかねますが……」

「なるほど、分かりました」

マナ濃度が答え……なんでしょうけど、超重要では？

「ダンテルさん詰んでるじゃんね。濃い土地に家建てろってことでしょ？」

「さすがにそこまでされると面倒過ぎるね。環境を合わせろと言うのは分かるけど……ああ、なるほど。これか」

［家具］　マナ濃度増幅結界　レア：Le　品質：C　価格：300万
土地を覆う結界を張り、内部のマナ濃度を人工的に上げることができる。
主に魔力を含んだ貴重な魔草の栽培などに使用される。

「なるほど、たっかい。3Mかー……」

「これさ、結界の維持とかに魔石とかの予備魔力いらないのかな？」

「集めるついでに維持分引くんじゃない？」

「維持分以下の濃度しかない土地じゃゴミでは……？」

「んー……あ、これ使えってことじゃない？」

［家具］　魔力拡散装置　レア：Le　品質：C　価格：200万

自身の魔力や魔石から魔力を吸い取り、周囲に拡散させる魔道具。

通常はマナ濃度増幅結界と併用する。


「このセットだけで5M飛ぶ件について」

「だから魔力関係は高いんだろうね……」

鍛冶で使う魔力炉なんかも結構な値段ですね……。結界とかなしで選べるということは、ここは濃度が高いのでしょう。ダンテルさんならお金ありそうですし、情報だけあげましょう。

「お姉ちゃんはキッチン？」

「料理人もそこそこ増えたようだし、まずは錬金部屋かなー？」

「あー、イベントからそこそこ増えたねー」

料理板を見る限り、スキルレベルもどうやら抜かれたようですからね。どちらかと言うと私は戦闘メインなので、さもありなん。

そしてせっかく師匠もいるので、どうせならゲーム特有の《錬金》に力を入れたかったですから、丁度いいと言えば丁度いいわけで。

1階の1室をケミカルルームにして、ケミカルシェルフを置きましょうか。さようなら、また会いましょう170万。

早速妹を連れて見に行くと、しっかり変わっているようです。さすがゲーム。

「おー……ファンタジー……」

壁どころか床と天井にも魔法陣みたいな物が刻まれていますね。薄っすらと発光していますし、中央にある錬金机にラインが集束しているようです。

つまり、超大規模錬成陣ですね。ここまでやるなら品質ボーナス大も納得です。

「後は……鉱脈も欲しいかな？」

［家具］　ミニ鉱脈　レア：Ｒａ　品質：Ｃ　価格：50万
周囲のマナを吸い取り結合させ、鉱石や宝石を生成する小さな錬鉱施設。
採れる回数も少なく、大層なものは採れないが、補充は早い。

［家具］　鉱脈　レア：Ｅｐ　品質：Ｃ　価格：１００万
周囲のマナを吸い取り結合させ、鉱石や宝石を生成する錬鉱施設。
採れる回数は普通で、まあまあな物が採れる。

［家具］　大鉱脈　レア：Ｌｅ　品質：Ｃ　価格：１５０万
周囲のマナを吸い取り結合させ、鉱石や宝石を生成する大きな錬鉱施設。
採れる回数が多く、物はハウス所有者のベースレベルに依存する。

「なるほど、良いね！　元はすぐ取れそうだし、買うなら最初から大鉱脈かな」
「料理で荒稼ぎした貯金が62万に……」
「今日でいくら使ったの？」

「んー……3・2Mかな」

「さすがハウジング。容赦がない」

えっと……見た目的に裏に設置しましょうか。正面は池やクリスタルロータスの花畑で、裏が畑になっているので鉱脈はそちらへ。

早速見に行きます。

「鉱脈ってか鉱山？」

「まあ、掘れば山が減ってくんじゃない？　掘れば分かるか」

カンカンカンカン……カンカンカンカンカン……全然掘れないんですが？

「……お姉ちゃん。《採掘》は？」

「んー……お、上がってる。9！」

「もっと上げよっか……」

「……そうね」

全然上げてなかったですからね……。150万の施設が活かせないのは悲しいので、《採掘》上げましょうか。採取系と言われる3スキルは、スキルレベルに応じて採取道具の耐久減少率を下げ、採取数にボーナスが入るらしいですよ。

スキル経験値チケット、こっちに使えば良かった気がしないでもない。

「……お？　マギアイアン……別名魔鉄だって。魔力を含んだ鉄の鉱石」

「へー！　まだ未発見だったはず？」

「そうなの？　掲示板の鍛冶板に上げとこうか」

「おっちゃん達が喜ぶ」

掲示板にSSを放り投げて、再びカンカン始めます。

クロフェルム、モリブデン、バナジウム……たまにマギアイアン。それと宝石達ですね。アルマンディン、ラピスラズリ、アンバー、ネフライト、セレスタイト、ヘマタイトの各属性6色の原石。サイズは小でたまに中。

20回採取ができましたが、2個あったツルハシが1個死んで残りが瀕死《ひんし》に。

「採取系が推奨レベルに足りないと、足りないだけ道具にダメージが行くからー」

「エルツ産《さん》品じゃなかったら採掘終わらなかったかな」

「にしても沢山出たね。各種宝石の情報出てたっけかなー？」

「今のところ宝石は《細工》系だっけ？」

「《細工》でアクセ行きか……後は《木工》で杖《つえ》行きかな？」

「アクセ枠結構空いてるけど、お金飛んだからなー……」

クロフェルムやモリブデンなどでは特に錬金レシピはなし……おや、これが売れそうですね。エルツさんに持っていってお金貰《もら》いましょうか。

「中ぐらいの魔石持ってる？」

「どれが中になるのか分からん」

「大体本体と連動してると思うけど……中サイズで魔石落とすのいたっけかな？」

「スケルトンとかは？」

「あれは小だね。アンガスとかホースのサイズが中なんだけど……」

「あいつら魔石出さないからねー」

「仕方ない。オーブで試そうか」

妹を連れて錬金室へ行きますが、妹は離しておきます。拡張コアをセットする場所は……あるようですね。入れておきます。

ではまず魔鉄の鉱石4個から【抽出選入】で魔鉄インゴットへ。《錬金術》のレベルがまだ低いので、中々苦労しつつも完成。

そしたら先程採れた宝石の原石小を【分解】で加工。周りの余計な土などを取り除きます。システム把握をした後、本番の中サイズを加工。

ここまでが下準備。メイン作業に入りましょう。

魔鉄インゴットとオーブ、アルマンディンの中サイズを錬成陣へ乗せ、いざ【合成】です。

「おぉ！　アニメとかでよくある謎の風で、髪とかスカートがふわっと現象！」

「こ……これが新しい力……とか言ってる場合ではなく」

「目に見えてお姉ちゃんのHPが減ってる件」

「オーブは無茶だったかしら？」

「うへぇ……こっちにもダメージ来始めた。クレイジーアルケミスト……」

現在進行系で魔力が失われているわけですよね。これをなるべく抑えて、合成を完了させなければ

ばいけないわけで。

魔法防御と安全地帯の回復で死にはしないでしょうけど……勿体《もったい》ないですねぇ。抑え込むのは無理そうなので、流れをなるべく揃えて、できる限り圧縮しましょう。

［素材］アルマンディンマギアイアン　レア：Ｒａ　品質：Ｂ－
魔法適性のある金属に属性を持たせたインゴット。
作れただけでも割と優れた錬成師と言えるだろう。
武器なら攻撃属性を、防具なら属性耐性を得る。
属性：火

失敗はしませんでしたが……錬金の品質補正をダブルで受けた状態で、この品質は確実にゴミですね……。補正がなかったらＣになってるかすら怪しいのでは？

「おぉ……ついに属性金属！」

「色々検証が必要だけど、とりあえず属性付きの装備は作れそうだね」

魔法適性の高いインゴット＋魔石中以上＋宝石中以上が必要です。それぞれがどの能力に影響するかは要検証。やるならエルツさんに手伝ってもらう必要があります。

インゴットは作れますが、ここから武器にはできません。

「とは言え、インゴット１個じゃ武器は作れないぞっと」

「他の金属はダメなの？」

「魔力適性が必要らしいから、多分魔鉄が最低？」

「そっかー」

とりあえず《採掘》と《錬金術》を上げないと話になりません。エルツさんからツルハシも買わないと。後は鉱石系の収納も買うべきですかね。今日はツルハシ買うぐらいで、北の第三エリアは明日目指しましょう。

追憶の水と清浄の土とオーブで魔粘土作りましょう。

「凄いバッサバサしてるけど……お姉ちゃんその減り方、もしかしなくても死ぬのでは？」

「ヒールよろしく！」

「私、光と聖しかないんだけど？」

「あー……あ？　そう言えば光弱点じゃなくなってるから、【ライトヒール】もセーフかな。聖は変わらずダメ」

「まじか。【ライトヒール】」

《《錬金術》がレベル20になりました。スキルポイントを『1』入手》

《《錬金術》のアーツ【応急修理】を取得しました》

リーナに回復してもらいながら何とか完成。

［素材］　魔粘土　レア：Ｅｐ　品質：Ｃ＋
とても高い魔力適性を持つ万能粘土。
人形作りに一番適している。
素材は聞かない方が良いかもしれない。

「実に悲しい品質。これは属性金属より難易度上かな」

「回復なくてもギリギリ耐えれる……？　な感じだったね」

「そう言えば……この部屋暗くすれば、ステータスボーナス入った状態で生産できるかな。そうすれば多少楽になる？」

「明るさでボーナスなんだ？」

「暗いほど良いみたいだから、１人なら真っ暗でやれば良いかな」

さて、覚えたアーツは名前で大体察せられますが……。


【応急修理】

装備品の耐久を回復させる。装備品と同じメイン素材が必要。


まあそうですよね。出番があるかはともかく、ないよりは良いでしょう。

今日はもう《錬金術》と、寝る前にエルツさんで買い物。そのついでにダンテルさんに魔蚕と、サルーテさんに師匠の言っていた魔女の情報を話せば良いですかね。

魔粘土を量産しましょう。死にかけますが素材が楽ですし、経験値も美味しい。

■公式掲示板1

【もうすぐ】総合雑談スレ　61【9月】

1. 休憩中の冒険者
　ここは総合雑談スレです。
自由に書き込みましょう。
ただし最低限のルールは守らないと、運営が飛んできます。
いやほんとに。最悪スレごと消されるからマジやめろ。
前スレ：http://＊＊＊＊＊＊＊＊
>>980 次スレお願いします。

543. 休憩中の冒険者
　さらば夏休み！

544. 休憩中の冒険者
　うちの会社もう少し先だからこれからだ。

545. 休憩中の冒険者
んん？　久々に見た姫様がイメチェンしてる！
546. 休憩中の冒険者
姫感が増した。姫様が姫の自覚を持ったようですね。
547. 休憩中の冒険者
装備変わってるのは確かだが、それよりヤバい鍵持ってる気がするんだが？
548. 休憩中の冒険者
分かるぅー。どこで見つけたんだあんな鍵……。
549. 休憩中の冒険者
今まで見なかったぶら下げられてる本もヤバみを感じる。
550. 休憩中の冒険者
レイピアどこ行ったん？
551. 休憩中の冒険者
分からん。
552. 休憩中の冒険者
個人板見た方が早いんじゃね？
553. 休憩中の冒険者
それもそうか。

554. 休憩中の冒険者
と言うか、個人板の方でも装備までは教えてくれんぞ。
555. 休憩中の冒険者
ＰＫありだからな。しゃあなし。
556. 休憩中の冒険者
姫様が立像無しで転移してる？
557. 休憩中の冒険者
転移っぽいな？
558. 休憩中の冒険者
やっぱあの鍵って銀の鍵では……。
559. 休憩中の冒険者
銀の鍵ってなんぞ？
560. 休憩中の冒険者
クトゥルフ神話にあるヤバイアイテムの一つだな。時間と空間を自在にふらふらできる。
561. 休憩中の冒険者
それで転移か……強すぎん？
562. 休憩中の冒険者
ヨグ＝ソトースと謁見するのに必要なアイテムでもあるが、ステルーラ様と会えんのかね？　このゲームでどういう扱いなのかは持ち主に聞かんと分からんな。
563. 休憩中の冒険者
　本もかっこいい演出してたぞ。とても気になる。
564. 休憩中の冒険者
　やはり未知の領域、正規ルート以外の場所も行き始めてトレハンしないとか？
565. 休憩中の冒険者
　ダンジョンどこー？
566. 休憩中の冒険者
　ダンジョンなー。そろそろ教えてくれても良いと思うんですよ、住人さん。

826. 休憩中の冒険者
　姫様から魔法板に《空間魔法》の情報が来たけど、欲しい……。
827. 休憩中の冒険者
【リターン】かー……欲しいけど光と闇はなぁ……。
828. 休憩中の冒険者
　光と闇が合わさり最強に見える。
829. 休憩中の冒険者
　※見えるだけです。

830. 休憩中の冒険者

悲しい。

831. 休憩中の冒険者

現状別の属性どころか、別の魔法すら同時に使えないしな。

832. 休憩中の冒険者

マルチロックはできるらしいね。

833. 休憩中の冒険者

え、マジ？

834. 休憩中の冒険者

魔法板見てくると良いぞ。

835. 休憩中の冒険者

マジか。見てくるわ。

836. 休憩中の冒険者

マルチロックって？

837. 休憩中の冒険者

マルチロックオン。複数ターゲットだな。練習すれば【二重詠唱《デュアルスペル》】系で別の対象を狙えるらしい。

838. 休憩中の冒険者

へー……やった方が良さそうかー。見てこよ。

839. 休憩中の冒険者
　魔法使うなら必須レベルだな。
840. 休憩中の冒険者
　それよりこいつを見てくれ。
http://＊＊＊＊＊＊＊＊＊
841. 休憩中の冒険者
　大判焼きじゃねぇか。
842. 休憩中の冒険者
　今川焼きか。
843. 休憩中の冒険者
　>>842 は？
844. 休憩中の冒険者
　>>841 は？
845. 休憩中の冒険者
　>>841-842 回転焼きだろ。
846. 休憩中の冒険者
　>>845 いや、二重焼きだろ。
847. 休憩中の冒険者

>>846 いやいや、おやきだろ。
848. 休憩中の冒険者
おい、どうすんだこれ。ちなみに御座候です。
849. 休憩中の冒険者
止めて！　綺麗《きれい》にできたから見せただけなの！　私のために争わないで！
850. 休憩中の冒険者
>>849 うるせぇ！
851. 休憩中の冒険者
>>849 あぁん⁉
852. 休憩中の冒険者
ちなみに中は？
853. 休憩中の冒険者
はちみつ。
854. 休憩中の冒険者
草。
855. 休憩中の冒険者
はちみつか……。
856. 休憩中の冒険者

あんこ作らないとなぁ。

857. 休憩中の冒険者
ねぇ知ってるぅ？　吸血鬼ってね、心臓に杭《くい》を打たれると死んじゃうんだよー。

858. 休憩中の冒険者
何だ突然。

859. 休憩中の冒険者
※そんな事されれば大抵の生物は死にます。

860. 休憩中の冒険者
それな。

02　金曜日　午前

朝起きたらモゾモゾとＶＲ機器を付けて、まずは商業組合へ。

委託を見た感じ、土はともかく追憶の水は出回っているようですね。入れ物持って死んだら、汲《く》んで帰れば多少はお金になると。でもこれ、プレイヤーは《調合》組か、もしかしたら《料理》組が買うぐらいです。しかも取りに行くのは楽ですからね。

冥府品はプレイヤーより、住人に売った方が高く買ってくれるでしょう。多分それに気づいている人は黙ってるでしょうけど。

プレイヤー達が行動できる冥府の端っこより、私の家……つまり常夜の城周辺で採れる物の方が、品質が高いというのが分かりました。

品質Ｃは出回りますが、それ以上の品質は……試練イベントをクリアした不死者組に頼む必要があるかもしれません。

そして料理系もそこそこ出回っているようです。前ほど稼げそうにありませんね。予定通り《錬金》系にシフトしましょうか。

見るものは見たので、昨日作った物を委託に並べてから一旦ログアウトです。

朝食など、朝の行動を済ましてログイン。

「あ！　ターシャです！」

「ごきげんよう、アビー」

「ごきげんよう！　やたら高い魔粘土があったです！」

「もう買ってしまいました？」

「まだです！」

「もっと品質上げたいから、もう少し見送って？」

あの環境でC＋は残念過ぎるので、せめてB級に乗せて……できればA級に乗せたいところです。

でもあれ《錬金》系統だけでなく、《魔法技能》系も必要そうですよね。【魔力操作】がそっちですから。

少しアビーと話してお別れです。楽しんでいるようですね。ドリーさんも付いていていますし、特に心配することもないでしょう。

見送ってから銀の鍵にて、北のウェルシュテットへ飛びます。ここから北へ道沿いに進み、分かれ道を右へ行くと町がある。エリアマップ的には北東の3－2エリアへ斜めに侵入する感じですね。左で北西に進むとベラフォントへ。エリア番号は時計回りなので、3－16がそうです。

旧大神殿エリアである2－2を囲うように町があるようですが、あのマップを突っ切るのはかなり厳しいので、斜めに抜けると。道がある通り、それが正規ルートですね。

ワイバーンを召喚して、道沿いに飛ばします。このエリアに飛行はいないので、安全ですね。さっさと第三エリアへ向かいましょう。

色合いは相変わらず緑ではなく、茶色が多いです。地形も緩やかに登ったり下ったりと、馬車が大変そうな道。正確には馬車を牽《ひ》く馬が……ですけど。

ワイバーン云々《うんぬん》の前に、下僕を使用している私には関係ありませんけどね。スタミナという概念がないので、疲れませんから。

そんなことより、いい加減鞍《くら》を作ってもらいましょうか。《騎乗》系スキルでも何とかなりますが、道具があった方がより良いですから。ダンテルさんがログインしたらお願いしますかね。

第三エリア到着。空中戦は辛いので、一号に低空飛行をさせます。地上は鉄がゴロゴロしていますが、勿論《もちろん》敵です。敵じゃないならとっくに持っていってるでしょう。

アイアントータス、アイアンゴーレム。ついにゴーレムが通常の敵として出現ですか。そして空はアシッドホーク。アシッドホークからタゲが来ないことを祈って進みましょう。

ゴーレムと戦っているPTがいますね。……あれ、ゴーレムから鉄の採取ができるんですか？

めっちゃツルハシ振ってますけど……。

えっと、掲示板検索……アイアンゴーレム。ゴーレムはツルハシで攻撃すると、一定数鉄インゴがドロップする。トータスは討伐時に鉄鉱石のドロップ……ですか。

戦闘ついでに鉄インゴが採れるわけですね。鉄は鋼になり、鋼はコバルトハイスに必要なので、消費量はかなりのもの。金策にもなるので悪くはないですか。《採掘》系が不要なようですね。

戦ってる人達を見つつも、真っ直ぐ中央広場の立像へ向かい、ポータルの開放をします。

〈フェルフォージのポータルが開放されました〉
〈復活地点に設定できます。Ｙｅｓ／Ｎｏ〉

勿論Ｎｏです。

これで転移が可能になったので、早速……の前に収納買うのが先ですね。商店へ行き、鉱物収納と宝石箱の特大を確認。組合で12万下ろして購入します。貯金が50万になってしまいました。お金稼がないとですね。

購入した商店の人に鉱山を聞いて、いざゆかん。

鉱山から鉱石を掘るための穴……つまり坑道ですね。プレイヤーが使う坑道は既に住人が大体掘った後であり、現在使用されていない破棄されたところです。

鉄だなんだは国として必要ですから、確実に管理下に入っているでしょう。『予算的にもこれ以上はマイナスになりそうだな……』となったらその坑道は破棄。新しい場所を掘り始めます。つまりゲームの設定としては……『町として掘るには微妙だけど、個人で使う分にはまだ採れるよ。ただし、魔物が住み着いているだろうし、明かりもないよ。それでも良いならどうぞ』ということです。

管理してないから魔物が住み着いてる場合もあるだろうし、明かりだってただではないのだから撤去してるよ？　という実に納得な理由ですね。私達プレイヤーを含む意味での冒険者達が掘りに行くことで、管理していない坑道から魔物が溢《あふ》れてくることはない。町としても多少楽できるわけです。

まあその辺の設定はともかく、暗視を持っている私に光源は不要ですし、むしろ暗い方がステータスが上がるので、特に準備はせずツルハシだけ担いで行きます。

結局はゲームなので、結構そこらに採掘ポイントがあるんですけどね。

カン、カン、カンと響かせながら掘り、壁からコロコロと足元に転がった鉱石は、下僕のワーカーに拾ってもらいます。いちいち拾う作業って結構億劫《おっくう》ですよね。実に便利。

同行者はアーマーとウルフ、そしてワーカーです。敵が来たらワーカーに掘らせつつ私も戦えば良いのですが、敵がいないなら自分で掘りましょう。暇ですからね。

掘ったら拾ってもらい、掘り終わったら受け取ります。カバン系アイテム持たせるの忘れてましたね……。鞍と一緒に発注しましょうか。お金足りますかね？

昨日の鉱脈で瀕死《ひんし》になった青銅ツルハシを速攻でへし折りつつ、新しく買った鋼ツルハシで掘っていきます。

モリブデンやバナジウムばかりですね。マギアイアンはどこでしょう。今まで見つかってなかったということは、浅い部分では出ませんか。……ん？　魔力を含んだ鉄の鉱石でしたね。マナ濃度に影響される鉱石の可能性は？　……この鉱山では出てこない可能性がありますね。

残念ですが、メインは《採掘》のスキル上げなので良しとしましょう。

お、敵ですか。ゴブリンマイナーとゴブリンボマーですね。ヘルメットとツルハシ装備のマイナーを下僕達に。丸い爆弾を持ってるボマーは私が相手します。

採掘はワーカーに任せます。生産や採取スキルは私と共通であり、スキル経験値もリンクされてますからね。地味に優秀です。

ボマーに魔法を撃ち込み、タゲを取ります。マイナーは一号が【アピール】で寄せます。

山なりに飛んできた爆弾は勿論反射します。できれば直撃、または至近弾を狙いたいですね。直撃させるかどこかに当たるかで爆発。つまり衝撃を与えればいいと。爆弾は一応範囲攻撃のようですね。範囲はかなり狭めですが、至近距離に落とせばダメージは入ります。直撃の方がダメージが高いのは言うまでもないですが。

とは言えですね、反射の合間に撃つ魔法で撃沈。遠距離系の敵は楽でいいですね。

マイナーの方に【バインド】をかけ、タコ殴りにされるのを見ながらボマーを《死霊秘法》で取り込み。その間にマイナーも死んだのでそっちも取り込みます。

そしたらワーカーから鉱石を受け取り次へ。

近くに採取ポイントが複数見えたら、ワーカーにアーマーを付け、私の方にウルフで、別れて掘ります。効率が全てとは言いませんが、効率化できるところはするべきでしょう。リスクがないなら余計に。

浅いところはゴブリンマイナーとボマーらしいので、余裕なはずです。レベルが30台とは言え、支配級にならないと所詮ゴブリンはゴブリンである……。

掘りながらどんどん奥を目指しましょう。

んー……スキルが上がる上がる。ツルハシの消耗を見なかったことにすればいい感じですね。

徐々に消耗も減っていきますし、どんどん掘りましょう。

おや、銀だ。お、金も出るんですね。この辺りは全て換金ですかね……。これらは住人に売った方が良さそうです。ハウジングでガッツリ貯金がなくなったので、是非ともお金に変わって欲しいところです。

魔物は取り込んでしまうので、ドロップ品を売れないんですよね。しかしキャパシティは大事。できれば上乗せ召喚分は確保したいところです。残念ながらマイナーもボマーも通常ゴブリンサイズなので、増えるのは3。少々悲しいですね……。ゴブリンはドロップもしょぼいので取り込んだ方がマシですけど。

カンカンしているとウルフの二号が戦闘態勢になり、アーマーの一号も戦闘態勢へ。私もアサメイに切り替え、ワーカーが続きを掘ります。

ああ、いますね。マーダーマンティス。姿と音を消し、忍び寄ってきて首を狩る黒いカマキリ。掘るのに集中してると不意打ちや弱点部位による強制クリティカルにより、ビルド次第では即死する場合があるようですね。

私は《直感》や《危険感知》で不意打ちを受けないビルドですが、スキルレベルが低いと対応できない場合もあるので、過信できないんですよね。《野生の勘》や《弱肉強食》でそれらを強化しているので、今のところ困ってはいませんが。

マーダーマンティスに関してはもう、最初の不意打ちさえ防げばただの大きいカマキリです。私が最初に魔法撃って姿を出せばフルボッコです。

戦闘スタイル的にも1体で来るようなので、近づかれる前に発見できるかどうかが全てですね。気づければ大したことはありません。正直他のと戦闘中に来た方が厄介だと思います。

マンティスの他にはプレーグマウス。毒と衰弱にしてくるようですね。強くはないですがマンティスと違い、最低でも4体以上の集団で来るようです。つまり本体の攻撃によるダメージではなく、状態異常によって削られる面倒なタイプ。毒は猛毒などに比べると減る速度は緩やかですが、連続で貰《もら》っていくと状態異常強度が上がり、場合によっては猛毒より持っていきます。

衰弱は全ステータスの低下が入りますからね……。そろそろ状態異常にも本格的に対策しろよ……と言っている気がします。

勿論不死者とアンデッドな私達には関係ありませんので、数が多くて面倒なだけですが。

お、初見鉱石ですね。

［素材］　ハルチウム鉱石　レア：Ｒａ　品質：Ｃ＋

産出量は比較的多いが、加工は困難な方であり、設備もそれなりの物が必要。

ただしアダマンタイトより遥《はる》かに楽なことから、よく代用される非常に硬い鉱石。

なるほど。アダマンがあると言われているのはこれが理由ですか。ハルチウムはアダマンタイトの下位互換なわけですね。

説明通りアダマンよりは加工が楽で、設備もそこそこで十分。産出量も含めてハルチウムが一般的に使われると。量産に向いているのでしょう。

まあそんなことより、『装備に使えるか』がプレイヤーにとっては全てです。恐らくコバルトハイスの上だろうと言われていますが。問題は、リアルにない鉱石なので合金が一切不明。鍛冶師達の試行錯誤が始まるでしょう。

コバルトハイスを飛ばして、下僕の装備はハルチウム製にしましょうかね？　属性金属を使うという手もあるのですが……問題は数か。属性金属をエルツさんに売って、ハルチウム製装備を買うのはありですね。

とりあえずお昼になるか、ツルハシがへし折れるまで籠もりましょう。

【リターン】を使って離宮に帰還。

そのまま裏へ回り、復活してる鉱脈をワーカーと掘ります。ゲーム内2日……つまりリアル半日で復活するようですね。リアル1日で40回掘れる。

モリブデンとバナジウムは嫌だ。モリブデンとバナジウムは嫌だ……バナジウム！　ですよね、知ってました。魔鉄と宝石だけ下さい。宝石もフェルフォージで掘れるので、魔鉄だけでも問題ありませんが。

ふむ……案外魔鉄が出ましたね。ツルハシが残り1本になってしまったので、売りに行くついでに買わないと。

さて、まずはログアウトしてお昼ご飯にしましょう。


たまにはカップラーメンでも良いですね。んー……担々麵。

「ごはーん！」

「選んできな」

「インスタント！　何があるかなー」

久々に食べますが、何だかんだで美味しいですよね。まあ……美味しくなかったら売ってないと思いますけど。

「そう言えば、お姉ちゃんPK来たんだって？」

「PKKからの動画でも見た？」

「うん」

録画してた動画投稿を聞いてきた人でしょう。その動画が私の個人板の方に貼られたようですね。

「光が弱点じゃなくなったのは聞いたけど、エクスプロージョンをバーストで防げるの？」

「対抗属性なら防げるらしい。冥府の宰相が言ってたから試してみたけど、効果あったと思うよ」

「へー！　でもあんま使えそうにないか……」

「まあ、状況が限られ過ぎてるからね」

「だよねー」

私の場合は種族で、光系統が確定しているようなものですからね。【ダークバースト】の用意は比較的楽です。

ズルズルとラーメンを啜《すす》りながら、ゲームの話。共通の話題があるというのは良いことではないでしょうか？

「構え変わってたけどあれは？」

「かなり特殊なレアスキルだね」

「へー！　気になる！」

「んー……まあ、良いか。多分他にも沢山ありそうだし」

『流派』系のスキルがあることを妹に伝えておきます。《古今無双》は大英雄であるラーナ関係なのでレア扱いですが、流派自体は違うはず。冥府にだけあるとは思えませんし、地上でも《古今無双》の流派があるようなテキストがあったので、複数あるはずです。教えてしまっても構わないでしょう。しかもこれは得意不得意があるでしょうからね。

「つまり何かしらの道場的な場所に弟子入りすれば、レアスキルが解放される？」

「レアかは分からないけど、その道場が何かしらの流派なら？」

弟子入りするのにも何かしらの条件があるでしょうが、そこまでは知りません。

「アーツが型になってってね。動作をトリガーに発動するの。動きを覚える必要があるけど、クールタイムとかがない」

「なるほど……人選びそうだけど楽しそう」

「流派によって得意なのが分かれてるはずだから、まず探すところからだね」

「道場破り的なイベントあるかな？」

「それはどーかな？　世界観的には武闘会よりも闘技場だろうし？」

「殺伐！」

この流派系スキルの弱点はバインド系でしょう。動けなくなったら型の動作を取れないので潰されます。バインド以外にも地形による影響もありそうですね。足場が悪い場合、大きく動くような流派とは相性最悪でしょう。

地形は位置取りを頑張れとしか言えませんが、バインドが問題ですね。現状バインド対策はひたすら魔法耐性系を上げるしかないのでは？　これはログインしたら宰相やラーナに相談しておくべきですね。

「お姉ちゃん光等倍？」

「うん」

「等倍で4人からの魔法でしょ……半分以上バーストで打ち消してる？」

「私の装備による魔法防御と精神。後は闇魔法強化補正があるからだろうね」

「お姉ちゃん既にレイドボスでは？」

「遠距離で来たことが敗因だろうね。むしろ近接で囲まれたら普通に死ぬよ？」

対遠距離は【鏡の型】があるのでかなり楽です。装備やステからして魔法防御寄りですし。

でも一陣の近接に前後から挟まれると無理でしょうね。バインド考えると1人は足止めできるとして、3人ですかね。一陣の火力なら削りきれるはずです。私のバーストも1発は耐えられるはず。

ゾンビはアーマーに次いで体力が多いですが、実はアーマーと違ってゾンビは弱点武器がない。その代わり得意なのもありませんけど。

アーマーは打撃に弱く他に強い。スケルトンは打撃に弱く刺突に強い。ゾンビは全て等倍。自動再生系が補正高め？

とは言え、不死者の対近接最強は霊体系でしょうけど。体力自体は少なめですが、斬打突全てに強いのが霊体ですからね。

サブタンクもできる魔法アタッカーですよ私。遊撃や撤退戦は無理ですけど。敏捷《びんしょう》ないので。

「あ、でもそうか。近接は近接でも、下手したらオーラの即死が発動する」

「……オーラ強化されたの？　即死効果なかったよね」

「進化して《闇のオーラ》から《死を纏《まと》うもの》に変わったからね。やってる感じ即死は5％ぐらいかな……？」

「まあ、即死効果はそんなもんだよね。むしろ高い方ですらある」

即死確率が高過ぎるとゲームとしてあれですからね。オーラ系にクールタイムとかありませんし。

「そう言えばお姉ちゃん珍しく北にいたね」

「《採掘》上げるためと、下僕達の装備用と、金策のためにね」

「ああ、なるほど。鉱脈もあるしね」

「一応レベルも格上だし、数日北かな？」

「私も武器変えなきゃなー……防具はシルク待とうかな？」

「鎧《よろい》にするとか言ってなかった？」

「そのつもりだったけど、軽装で良いかなーって」

「革系？」

「軍服風ワンピース頼もうかなって。一部に補強付ければ軽装になるはずだから」

「んー……ああ、あれ系ね。マントあり？」

「もち！」

騎士ではなくそっちにしましたか。多分敏捷の問題でしょう。妹は遊撃ポジですからね。

名前通り軍服っぽいワンピース。あれにハルバードですか。まあ、良いんじゃないですかね。マントはどうせかっこいいからでしょう。住人の冒険者達からしたら結構必須アイテムらしいですけど。主に野宿の寝具や雨具として。

キャンプイベントの様なものじゃない限り、プレイヤーは基本的に野宿しませんからね。

「さーゲームだ！」

片付けてバタバタ部屋に行く妹を見送りつつ、少し休んでから私もログイン。

エルツさんはまだいないでしょうし、先に宰相とラーナにバインド対策ですかね。

■公式掲示板2

【皆の】姫様個人スレ　49【お姫様】

1. 姫様見守り隊
プレイヤー、アナスタシアさんに関する個人スレッドです。
姫様本人も見ることが可能なので、変なことは書き込まないように。
書き込んだ瞬間運営に粛清されるでしょうが。
姫様について。
ハルバード使い、アキリーナのリアルお姉ちゃん。美人姉妹。
今の種族はゾンビのエクストラ種族、不死者の王女《イモータルプリンセス》。
あの特徴的なドレス装備はエクストラ装備で、ＰＫしたところでドロップはしない。
ファンが多いので、ＰＫする場合はいろんな意味で覚悟が必要だと思われる。
ただ、正直本人も強い。
ファンが多い大体の理由は、美人かついい子で強い。
他にも結構重要な情報を掲示板にくれる人。

エクストラ種族、エクストラ装備、《高等魔法技能》や《死霊魔法》の発見者。
メイン武器はレイピア。戦闘スタイルはジェ○イ。真似すると武器折れるよ。
生産は《料理》と《錬金》。使役は《死霊魔法》所有。
メイン火力は種族的にも《闇魔法》。
現在見れる公式動画で姫様が映っているのは以下の通り。
TVCM第一弾、防衛編。公式トレーラー第二弾、防衛戦ロングバージョン。
本人のユーザー動画ページはここ。
http://********/Anastasia
とりあえず以上！
>>980 次スレお願いします。

495. 姫様見守り隊
最近見なかったけど姫様が！　イメチェン！　してる！
496. 姫様見守り隊
ねー！　髪型も変わってる！　イメチェン！
497. 姫様見守り隊
ドレスかー……あのベアトップは自信ないけど、ちょっと憧れる……。
498. 姫様見守り隊

あれは巨乳用だから……。
499. 姫様見守り隊
寄せて上げよ？
500. 姫様見守り隊
コルセットー？　苦しいらしいけどこのゲームだとどうなんだろ。
501. 姫様見守り隊
ザ・野郎どもの入りづらい会話。
502. 姫様見守り隊
まあ、リアルじゃ着物とか浴衣より着ないだろうしな……。
503. 姫様見守り隊
気になるのは、メイン武器たるレイピアの行方。
504. 姫様見守り隊
レイピアだった部分に本が来て、右側になんか短い棒と鍵？
505. 姫様見守り隊
鍵の見た目的にも、見た演出的にも銀の鍵……だとは思う。まんま出すにはヤバすぎるので、ゲーム用にアレンジされてるはず……。
506. 姫様見守り隊
レイピアから本にしたんかねぇ？

507. 姫様見守り隊
　どーなんだろ。今更メイン武器変える？　特に不自由してなかったっぽくない？

508. 姫様見守り隊
　でも姫様って、ポジション的には魔法アタッカーでしょ？

509. 姫様見守り隊
　あー……でもあの防御性能捨てるのは勿体《もったい》なくね？

510. 姫様見守り隊
　むむむ……まあ確かに。魔法アタッカーであの生存力は憧れが……。

511. 姫様見守り隊
　ＰＫ追ってたらこんなの撮れちった。
　http://********/********/watch********

512. 姫様見守り隊
　おぉ!?

513. 姫様見守り隊
　６対１で負けてるＰＫ共はこの際放置だ。そんな事より剣！　と本！

514. 姫様見守り隊
　ふおおおおお！　かっけぇ！

515. 姫様見守り隊

これが一陣トップ層の動きだと？　……じゃあ、俺はなんだ？
516. 姫様見守り隊
貴様は凡人だ。
517. 姫様見守り隊
悲しいけど真理。
518. 姫様見守り隊
む、転移。これも鍵か？
519. 姫様見守り隊
鍵じゃなくね？　目撃情報のある演出無かったし。
520. 姫様見守り隊
《空間魔法》の【リターン】っぽいぞ。魔法板に姫様の書き込み来た。
521. 姫様見守り隊
ほぉん……情報いつもありがとうございます。
522. 姫様見守り隊
ほんとにな。
523. 姫様見守り隊
帰還系あるんだろうなとは思ったけど、やっぱあったか。
524. 姫様見守り隊

光と闇って同時に取るのは少し躊躇《ため》うんだよな……。

525. 姫様見守り隊

光か闇、どっちかあれば夜対策できるしな。

526. 姫様見守り隊

そして大体が聖に派生する光を取ると。

527. 姫様見守り隊

空間は燃費が悪すぎて使う気が失せるらしいな……。

528. 姫様見守り隊

この剣……鍵の横にぶら下がってる棒か！

529. 姫様見守り隊

この剣棒だな？

530. 姫様見守り隊

あ、だよな。ビームとかライト……のあれだよな。本と鍵が新規かな？

531. 姫様見守り隊

だと思う。鍵と同じく本もクトゥルフ関係ならアーティファクトの可能性？

532. 姫様見守り隊

となるとＧｏの可能性高いな？

533. 姫様見守り隊

だから演出凝ってる可能性がとても高い。
534. 姫様見守り隊
確かにその可能性が高いか。本の名前が気になるぅ。
535. 姫様見守り隊
だなぁ。
536. 姫様見守り隊
他に気になるのは……バースト系でエクスプロージョン系防げるのか？
537. 姫様見守り隊
ああ、それな。確かに気になるよな。姫様ＨＰ残りまくってるし。
538. 姫様見守り隊
構え変わってるのも気になるー。
539. 姫様見守り隊
姫様情報量多いな！
540. 姫様見守り隊
ほんとにな。

811. 姫様見守り隊
姫様が生産板にマギアイアンっていう新素材情報出してる。

812. 姫様見守り隊
魔力を含んだ鉄の鉱石……つまり魔鉄か。

813. 姫様見守り隊
魔法武器がついに来る予感!?

814. 姫様見守り隊
現状《付与魔法》頼りか。

815. 姫様見守り隊
そうだなぁ。現状物理耐性持ちとか、そんな切羽詰まってないからなぁ。

816. 姫様見守り隊
確かに。北ぐらいか？

817. 姫様見守り隊
あの辺は別に打撃でどうにでもなる。

818. 姫様見守り隊
粘液系とか霊体系が持ってる《物理無効》とか、《物理耐性》とかあの辺だべ？

819. 姫様見守り隊
そういや、未だ見ないな。

820. 姫様見守り隊
そろそろ冒険者的には一人前判定される40レベ帯だし、来るんじゃね？

821. 姫様見守り隊
そうか、俺ら世界的にもまだ弱いんだったな。
822. 姫様見守り隊
ダンジョンとかも控えてるだろうし、まだまだこれからだな。

961. アナスタシア
武器がアサメイ。本がエイボンの書で、鍵が銀の鍵ですね。
962. 姫様見守り隊
うわぁ……。
963. 姫様見守り隊
鍵はまあ……予想通りだけど、エイボンの書かぁ……。
964. 姫様見守り隊
アサメイって、魔術儀式用短剣って言われるあれかな？
965. 姫様見守り隊
あれぐらいしか分からんな。
966. 姫様見守り隊
アサメイを触媒に光剣かー！
967. アナスタシア

銀の鍵は安全地帯でのみ、立像と同じ効果があります。後は空間系魔法に補正。

エイボンの書は魔法全般……と言うか、ステータス強化ですかね。普通に本の魔法触媒です。
968. 姫様見守り隊
なるほど、安全地帯なら鍵で別の町へ転移が可能と。フィールドからなら【リターン】か。
969. 姫様見守り隊
アサメイって《魔法触媒》なの？　それとも《短剣》とか？
970. アナスタシア
私のは《細剣》と《魔法触媒》になっていますね。属性を纏《まと》い、剣とする固有能力があります。属性によって刀身の色が変わるんですよ。動画は空間属性ですね。

詳しいことは言いませんが、簡単に言えばこんなところでしょうか。
971. 姫様見守り隊
さんきゅーひっつめ！
972. 姫様見守り隊
斬首。
973. 姫様見守り隊
相変わらずの早さ。
974. アナスタシア
あ、それと進化して光が弱点ではなく、等倍になったので。

975. 姫様見守り隊
マジか。
976. 姫様見守り隊
それであのダメージ？　にしてはやっぱ低くない？
977. 姫様見守り隊
姫様の魔法防御が高いとか。
978. 姫様見守り隊
それもあるだろうけど、やっぱバーストに意味あるんじゃ？
979. 姫様見守り隊
打ち消せるんかね？
980. アナスタシア
常夜の城（冥府にあるお城）にいる宰相に聞きましたが、対抗属性なら意味があるそうですよ。勿論《もちろん》それなりの威力がある前提ですけど。

私を狙ってくるのが分かりきってたので、私中心のバーストにしました。
981. 姫様見守り隊
意味あるのか。確かに威力無いと打ち消せないだろうしな。
982. 姫様見守り隊
ガードするか、相殺を狙うか……か。

983. アナスタシア
あれ、私が次スレ立てるんですか？　自分のを？　ちょっとあれなので、次の書き込みの人、お願いしますね。

984. 姫様見守り隊
草。

985. 姫様見守り隊
>>984 おう、立ててこい。

986. 姫様見守り隊
oh... 行ってくる。

987. 姫様見守り隊
レイピアの部分アサメイにでも変えといて。

988. 姫様見守り隊
あいよ。

989. アナスタシア
種族は幽世の王女《アーウェルサプリンセス》です。

990. 姫様見守り隊
うっす。

03　金曜日　午後

さて、突撃……隣の常夜城。

「宰相」

「なんですかな？」

「何か良いバインド対策はありませんか？」

「おや、ご存知ない？」

「相変わらずの不敬っぷりですね」

「ＨＡＨＡＨＡ。まず一つ、魔法耐性……つまり精神を上げる。二つ、先手必勝片道切符。三つ、魔力抵抗。それと【魔力視《マジーアトレース》】で発動の感知は可能ですな」

「１つ気になるのがありますが、まあ良いでしょう」

「バインド発動前にしとめれば良いのです。そうすれば発動しませんからな」

精神を上げれば魔法抵抗により、拘束されることがなくなる。

発動者を殺《や》ってしまえば、当然発動前に霧散する。

捕まったら魔力を流し、抵抗する。

後は目視により発動を感知し、回避する。

「バインドにはそこそこ種類がありますぞ。まずはそれを知らなければ対処もできぬでしょう」

単体指定、設置型、範囲など複数存在し、当然物によって対処法も変わる。

《短杖《たんじょう》》【スタティックバインド】
設置型のバインド。範囲内に入った対象を瞬時に拘束する。
《長杖》【クイックバインド】
拘束速度は早いが、拘束力が弱めのバインド。
《本》【カウンターバインド】
射程が短いが、拘束速度が早く、拘束力が強いバインド。
《水晶》【エリアバインド】
広範囲内の対象複数にバインドを仕掛ける。拘束速度が遅いが、拘束力は普通。
《影魔法》【シャドウバインド】
影を伸ばし対象を拘束する魔法。
《木魔法》【フロンスバインド】
蔓《つる》を伸ばし対象を拘束する魔法。
《空間魔法》【拘束結界】
対象を閉じ込める結界を張る。

《陰陽術》【五行封印】

5ヵ所に札を置き、対象を閉じ込める結界を張る。

《死霊秘法》【渇望する者達】

対象に下僕達が群がり組み付く。


《空間魔法》と《死霊秘法》のはまだ未発見だったはずですし、《陰陽術》とかこれ自体が未発見では？　《陰陽術》は後で聞くとして……思ったよりバインド系が多いですね。

「バインドにはそれぞれリング・フープ・チェーン・結界と、拘束方法が複数ありますな」

【クイックバインド】がリング型。手首と足首にリングが付いて固定される。

【エリアバインド】がフープ型。二の腕、お腹、太もも、足首辺りで縛られる。

【シャドウバインド】と【フロンスバインド】がチェーン型。地面や壁から伸びた影とか蔓が巻き付いてくる。

【スタティックバインド】はフープからチェーンの複合型。設置範囲内に入るとフープで拘束され、そのフープから地面や魔法陣にチェーンが伸びて固定される。

【カウンターバインド】は射程がかなり短く、攻撃してきた対象をリングで固定し、更にチェーンが伸びる。

「サイアーに回避は無理そうなので、【クイックバインド】と【エリアバインド】は甘んじて受けてくだされ。【スタティックバインド】はそもそも範囲内に入らねば良い。【カウンターバインド】

は対近接用ですな」

【シャドウバインド】と【フロンスバインド】は、発動地点から伸びたロープが巻き付いてきて、引っ張られる形式なので、拘束力が強いけど拘束速度は遅い。そのため捕まえに来る影や蔓を弾けば、逃れることが可能。その分しつこいので避けるのは不向き。発動地点さえ工夫すれば、動きが早い敵はこっちの方が結果的に邪魔できるとか。つまり【マジカルブレイク】や【マジックパリィ】が適した対処法。私の場合は【鏡の型】ですね。逃げると追ってくるけど、弾くと諦めるとか。

【スタティックバインド】と【カウンターバインド】は、発動条件が少し特殊な代わりに、バインドとしての効果はかなり高い。そのため警戒するのはこれら。前者は【魔力視《マジーアトレース》】での警戒。後者は近接攻撃をしなければいい。

【拘束結界】や【五行封印】はバインドの中でも少々特殊。拘束と言うより閉じ込める隔離系。効果中はこちらからの攻撃も弾かれる状態ですね。これの対処法は結界生成前に範囲外に出るか、物理的に結界を破壊する。閉じ込められたのが私1人で範囲も狭いようなら、【ダークバースト】だと壊すのが楽と。現状プレイヤーで使える人はいないはずです。

「確実なのは精神を上げること。精神の高い格上はほぼ不可能ですからな。儂《わし》にバインドかけてみなされ」

宰相に【シャドウバインド】を使用したところ、影の紐《ひも》が複数絡まりに行き……弾かれるようにして消滅しました。

確かにこれなら安心でしょうけど、プレイヤー同士ではほぼない現象では？

「まあ、サイアーの場合は恐らく……」

そう言いながら宰相がバインドをしてきました。

【クイックバインド】により手首と足首にリングが付き、その場に固定されます。面白いですね。空間に固定される……と言えば良いのでしょうか。

しかしすぐにエイボンが勝手に浮き、回転をしながら私の周囲を回り始めました。バインドカウントがかなりのスピードで減っていきます。

「やはり抵抗するか」

「敵性魔法の自動抵抗……これが【アンチスペル】の効果ですか」

「でしょうな。本来は魔力をバインド箇所に流し、抵抗するのです」

【魔力操作】で意識するとカウントが更に速くなり、ピシピシとヒビが入り最終的にはパリィンと粒子に変わってバインドが解除されました。プレイヤーからのバインドなら、エイボンだけで十分そうな気がしなくもない。

「【渇望する者達】については？」

「あれはバインドの中でもかなり特殊ですな。下僕達が群がり物理的に拘束する」

「……それ、破られた時のコストは？」

「減りませぬ。ただ発動に一定コストが必要で、所持コストにより効果上乗せですな」

コストがあれば群がる下僕が物理的に増える……ということですかね。そしてコストが減らないなら……『俺ごとやれ！』状態というわけですか。なるほど、さすが下僕。面構えが違う。

「バインドに関してはこのぐらいですな」

「助かりました。ところで宰相、《陰陽術》とはなんです？」

「おや、ご存知ない？」

「それはもう良いです」

「御札を使った少々特殊な魔法形態ですな。触媒の御札がないと機能しないのが弱点でしょう。利点は……魔術に近いためＭＰの燃費が良い」

「ふむ……？　魔術は具体的に魔法と何が違うのです？」

「決定的な違いはマナを使用するか、保有魔力のみを使用するかですな」

魔術とは、一部の者達が周囲の……世界に満ちている天然の魔力、所謂《いわゆる》〝マナ〟も使用して発生させる現象のことで、主に精霊や竜、外なるものが使用する絶対的な力。

それらを誰でもできるようにしたのが魔法であり、保有魔力を使用する。圧倒的存在である彼らを、生物が真似た結果とも言える。畏怖も込められている……かもしれない。

現象規模の差はあれど、大体同じことができる。

人が持っている魔力だけで発生させる現象より、周囲の魔力を使用した現象の方が規模は大きくなる……というのはまあ、理解できますね。

魔法と魔術の関係って、作品によって結構違うことが多いんですよね。そういえばクトゥルフ神話……外なるものに絡んでいますが、あれは魔法ではなく魔術でしたね。そっちにも合わせたような気がしなくもないですが、まあ良いでしょう。このゲームだとマナを使用するかしないかです。

「使いたければ精神を上げることですな」

「……先天的なものではないのですか？　宰相は？」

「使えますぞ。まあ、使うような状況になりませんが。儂ぐらいなら魔法で十分です。都市や竜をぶっ飛ばす時ぐらいでしょうな」

精霊、竜、外なるものは先天的に持っているが、精神を上げれば後天的に得られる？

「物騒ですね」

「上位竜の【ドラゴンブレス】が魔術だと思って構いませんぞ。あれに比べれば亜竜のブレスなんぞ塵《ごみ》ですからな、ハハハハハ」

上位竜と言えば、キャンプの時に襲来してきた雷嵐竜《エクレールテンペスタドラゴン》レベルでしょうか。

「竜に関して知りたいとか思ってたんですよね。人類の本は読みましたが……なんか違う気がしたので」

「ふむ……図書室でも見てきたらどうですかな？　御札のレシピもあるでしょう」

「御札は《錬金》ですか？」

「ですな」

ハウジングメニューから図書室の場所を……1階の端にありますね。レシピ本と竜の本を探しますか。

後は……気になることありましたっけ。あー……あれを聞いてみましょう。

「宰相、外なるものに定命の者と言われたのですが、不死者も死ぬのですか？」

「勿論《もちろん》死にますぞ？　不老なだけで不死ではありませんからな。我々は死ぬと言うより、消えると言いますな。不老不死は外なるものぐらいでしょう。ある意味ではサイアー達異人も……ですな」

なるほど。人類からすれば不老でも十分『不死者』ですか。でも完全な不老不死である外なるものからすれば、不老の不死者も定命扱い。『不老程度ではなー！』感がありますね。

不死者が不死者と呼ばれるのは、見た目のせいもあるのでしょう。人が死んでなお動き続けている者達……的な。

不死者は『消えたら』輪廻《りんね》直行。ステルーラ様の立像で『終わり』を願う方法があるようです。外なるものはあくまで『退散』であり、深淵《しんえん》強制帰還。休憩《かいふく》したらまた来るので、目を付けられた時点で詰み。まあ下手に退散させてしまうと、刺客のレベルが上がるらしいので、無関係の周囲からしたら『さっさと死んでくれ』だと思いますけど。

「では次はラーナにバインド対策を聞いてきます」

「それは時間の無駄なので止めなされ。『発動前に叩《たた》き斬れば良いのですよ』で、終わりますぞ」

「…………」

「奴はそれをする実力がありますからなぁ……」

「……では図書室へ行ってきます」

「それが宜しいかと」

ラーナの元へは行かないとして、真っ直ぐ図書室へ向かいましょう。

学校の図書室の様な場所ですね。《錬金》のレシピ本と竜に関しての本を探し出し、目に留まったステルーラ様の本を持ち席に着きます。

最初にログを確認しながらレシピ本を読破してから、竜の本へ。


竜についてここに記す。

まず、強さは亜竜＜壁＜竜（属性竜とも言い、強さは属性相性次第）＜古代竜＜神竜となる。

竜はドラゴンパピーから環境に合わせて進化し、属性も姿も環境に影響される。

神竜や古代竜もドラゴンパピーからだが、属性竜と同じドラゴンパピーではないようだ。精霊に近いと言えるので、エレメンタルドラゴンパピーとかだろう。

地上では《竜魔法》を使えるから亜竜も竜だと思っているが、竜達が同種と認めているのはパピーからの竜。

竜や古代竜だと人とエルフの様な感じだが、彼らから見た亜竜はトカゲだ。お腹が空いた時にいたら食べる程度の存在である。

ちなみに神竜や古代竜は魔術を使いこなし、属性竜の成体はブレスに使用する。亜竜の《竜魔法》の使用頻度が低いのは、マナを使用できず燃費が超絶悪いからだろう。

余談として、所謂『ドラゴンの血』が重宝されるのは……生物最強種であるドラゴンの保有魔力が比べものにならないほど多く、体も大きいため採れる血の量も多いからだ。要するに、『ドラゴンの血』が特別というより『高魔力持ちの血』が欲しいのだ。

ドラゴンに限らず、魔力を持った素材というのは総じて貴重である。

そもそも血は関係ないじゃないですか。ドラゴンパピーからの進化が竜であり、亜竜は完全に竜モドキ。それっぽい感じに進化した何か……ですね？

正直進化という概念がある世界だと、見た目が変わり過ぎて判断できないのがいるのでしょう。原形ないのとかいそうですよね。……イーブイみたいに。

さて次は……ステルーラ様の本ですね。


4柱の長女と言える副神ステルーラ様。

光と闇の狭間から生まれ、光と闇を司る。

生と死……時という抗えぬ運命を司りし1柱。

その一方で居場所を失った化け物達を匿う優しき女神。

灰色の髪に玉虫色の瞳。神託を与えし美しき悠然たる女性の姿は、人類に合わせた化身である。

その本体は次元の裂け目で絶え間なく形……サイズすらをも変え、くっつき分かれを繰り返す、玉虫色の球体の集合体。神々にとって姿形など些細《ささい》な物だが、人類はそうもいかない。そこで化身として人の姿をとった。

魂を見る神々は口だけの輩がお嫌い。その中でも契約と断罪の顔を持つステルーラ様は特に。よって、信者は忠実であれ。ステルーラ様が欲するのは盲信ではなく、己に、そして他者に……忠実であること。

神々は複数の顔を持つ。慈愛の女神として有名なハーヴェンシス様だが、自然は時に猛威を振るうだろう。複数の顔を持つとはそういうことだ。恵みを齎《もたら》すのも、破壊を齎すのも、正しく慈愛の女神である。

勿論ステルーラ様とてそれは同じ。人類に神託を与え、疫病や災害を事前に伝える姿は有名だ。しかし人類にとって、ステルーラ様は畏怖の対象でもある。司る力故に、神々の中でも熾烈《しれつ》で容赦のないお方だ。輪廻の女神でもあるステルーラ様の管轄、死後の世界。魂の管理者に、人の死生観など些細なこと。人類には見えぬ死後の姿……魂こそが全て。本能的に死を恐れる生物は受け入れがたいのだろう。

何も言われないことは、決して許されているわけではない。己の行いは己が、最後に償うこととなるだろう。そのことを……忘れることなかれ。

……盲信ではなく、忠実さ……ですか。信仰と言われてもよく分からないので、助かると言えば助かりますね。日本の信仰はかなり特殊な気がしますし。

相手が神だからと盲信せず、しっかり自分で考えろ……でしょうか。逆に言えば、ステルーラ様の信仰者は我が強そ……今更か。外なるものは勿論ですが、宰相やラーナも個性の塊です。

そして後半部分は警告でしょう。これも割とあります。日本は八百万の神々とかあるのであれですが、神が少なかったりの場合ですね。1柱が複数の能力を持つことで矛盾が生まれ、行動に一貫性が失われ、それによってバグったような挙動になる。生と死、光と闇で既に逆ですからね。どちらも切って離せるものではありませんけど。これらを考えて行動しろということでしょう。

んー……そう考えると、ステルーラ様やシグルドリーヴァ様は、ある意味楽かもしれませんね。これ、ハーヴェンシス様が一番難しい気がします。2柱はそれぞれの顔が割とはっきりしていますが、ハーヴェンシス様は判断しづらいのでは？　なんとなくですが、方向性は見えてきましたね。

神々で思うことと言えば、創作では割とよくある聖職者の腐敗ですが、ある意味お決まりと言えるそのイベントが望み薄なんですよね。このゲーム、外なるものっていう刺客が神々から送られてくるので、コロコロされた後、奈落に振り分けられて地獄見ることになるでしょうからね……。


さて、読書は終わりにして、御札のレシピが手に入ったので作ってみましょうか。魔力紙は……自作するには時間が掛かりますね。メーガンさんが売ってたはずなので、とりあえず買って試すとしますか。

始まりの町へ飛び、メーガンさんのお店へ。

「師匠、魔力紙ありましたよね？」

「あるよ」

「ちょっと作ってみたいのあるんですよ」

魔力紙を1枚売ってもらい、《錬金》の30で覚えた【魔力錬成陣】を使用します。本来魔力で錬成陣を書くアーツですが、これで五行陣を刻むようです。

［道具］　五行札　レア：Ｒａ　品質：Ｃ
魔力を呼び水にマナを吸い取り効果を発揮する、使い捨ての御札。
《陰陽術》系統の発動に必要。

〈特定の条件を満たしたため、《陽術》が解放されました〉

〈特定の条件を満たしたため、《陰術》が解放されました〉


「ほう、五行札かい。久々に作ってる人を見たねぇ……」

「使われてないんですか？」

「使う者は使うが、あまり多くはないね。うちも納品用ぐらいしか作らんさね」

「効果が微妙とか？」

「いや、資金と使い勝手の問題さね。効果時間は長いが消耗品だからねぇ……。一部の上級冒険者や聖職者とかが使う」

「なるほど。これ１枚いくらです？」

「Ｃで３００。陣を刻むのはそれなりに高等技術だからねぇ。何より手間さね」

魔力紙１枚４００で御札が８枚できるので、２０００の儲《もう》けですね。

重要なのはそこではなく、御札の入手でスキルが２個解放されることでしょうか。そこそこ作って委託に流しましょうかね？

スキル解放用なので、1アカウント1個に購入制限かけましょうか。解放するだけならトレードで渡してくだけで十分でしょうし、スキル上げたい人は……アイテムは分かったのですから探してください。

《陽術》がバフ、《陰術》がデバフ系のスキルみたいですね。どちらもレベル1は筋力上昇と低下のアーツですが、エンチャントと被りますね。こちらの方が効果時間が長いのでしょう。上昇量などは試さないと不明ですが。

とりあえず販売用を作りますか。

師匠と話しながら作ることしばらく、ふと思いついたことを聞いてみましょう。

「そう言えば師匠、錬成陣を改良しようと思うのですが……」

「は？　なんだって？」

師匠、凄い顔してますね。その顔だけで地上ではどう思われるものか察せますよ。

「……地上には出さない方が良さそうですね」

「いや、出すこと自体は構わないけどねぇ……。可能なのかい？」

「宰相が言っていたので可能なはずですよ。どこまで効率化できるかはまだ試してないので分かりませんが」

「……宰相？」

「常夜の城にいる宰相ですよ」

「ああ、冥府のね……。完成品の陣のサンプルがあれば広めるのは可能さね」

「問題は品質制限ですが、どうします？」

「コアの代わりに新しい錬成陣でも渡せば良いんじゃないかねぇ？」

「ああ、なるほど。ちまちま進める予定なので、できたら持ってきます」

「のんびり待つさね」

８００個しかできてませんか。確かに量産は少々面倒ですね。とりあえずこれで良しとします。


メーガンさんのお店を後にし、今度はエルツさんのお店へ向かいます。

「いらっしゃいませ」

鍛冶屋なので棚に並ぶのは金属製の武器や防具ですね。

エルツさんもまずは生産施設にお金を回しているので、現状売り場はとてもシンプル。商品を手に取る以外にも、メニューからも可能ですからね。売り場は割と飾り。

プレイヤーのお客がそこそこいますね。それはそうと雇われた住人の店員さんの元へ向かいます。

「こちらの買い取りをお願いします」

「……鉱石３種ですね。ありがとうございます」

リストを店員さんへ渡し、クロムとバナジウム、モリブデンを買い取ってもらいます。ハルチウムはまだ持っておきます。

２万２０００と微妙な収入ですが、ツルハシ代は回収できるので良いでしょう。お金になりそうなマギアイアンや、アルマンディンマギアイアンはまだ持っておきたいですからね。

そもそも後者はまだ情報を出していませんので、知っている人がどれだけいるか分かりませんが。

へし折った鋼のツルハシを4個補充して、今度は商業組合へ行きます。

予定通り御札を委託へ流し、魔粘土の売り上げを回収。

それにしても、委託を見て思いますが《錬金》ユーザーが全然いませんね。現状では器用貧乏を地で行くスキルなので、仕方ありませんが……。

他のスキルに比べ必要素材数が少し多く、弟子入りしないと拡張コアもないので品質がC止まり。《錬金》系統のみの生産品もある感じですが、中々マニアックですからね。魔粘土や御札と。おかげでそちら方面なら稼げるので悪くはないのですが、良いとも言えないレベルです。

掲示板に御札は……出さなくても良いでしょう。一言欄に内容は書いておきましたし、勝手に雑談や魔法板で広めてくれるでしょう。個数が少ないので、すぐなくなる気がします。

鉱石分と合わせて22万ほど組合へ預けます。

さて、また掘りに北へ行きますかね？

組合から出ると不意に日が陰り、なんとなく上を向くと……やたら大きな生物がゆっくり降りてきました。

鷹《たか》の頭で四足……恐らく奇鳥グリフォンですかね。馬に翼の生えたペガサスではなく、鷹が馬のように四足になっているパターンです。

巨体の割に静かに中央広場へ降りました。プレイヤーは勿論ですが、住人もざわついていますね。グリフォンの情報は掲示板に出ていなかったはずなので、初見プレイヤーが大半でしょう。

1人の女性がグリフォンの背から飛び降りたのは良いのですが……私、グリフォンにガン見されていません？　少し動いてみるとバッチリ追ってくるので、超見られてますね。女性に送還されて消えたので、召喚師《サモナー》ですか。

マーカーは緑なので住人ですね。ただ、この辺りの住人ではない……もしくは今まで離れてたけど、用が済んだので帰ってきたのどちらかでしょう。何かのイベントでも始まろうとしているんでしょうか？　現状では不明ですが、少し気になりますね。

そのまま女性は歩いていったので、私も北へ飛び採掘しましょう。

今日は洞窟の住人になります。

■公式掲示板3

【攻略の鍵】総合攻略スレ　85　【それは住人】

1. 通りすがりの攻略者
　ここは総合攻略スレです。
　攻略に関する事を書き込みましょう。
　前スレ：http://＊＊＊＊＊＊＊＊
　>>980 次スレお願いします。

328. 通りすがりの攻略者
　好感度大事……。
329. 通りすがりの攻略者
　下にぶっちぎるとガン無視されるらしいヨ。
330. 通りすがりの攻略者
　むしろ犯罪せず下にぶっちぎる方が難しいだろ。

331. 通りすがりの攻略者
それな。
332. 通りすがりの攻略者
なお、一番好感度に厳しいのは子供である。
333. 通りすがりの攻略者
子供は素直。
334. 通りすがりの攻略者
一定距離に入ってこなくなるとか凄いよな。
335. 通りすがりの攻略者
逆に好感度高いと寄ってくるようになる。
336. 通りすがりの攻略者
実は餌付けが可能である……。
337. 通りすがりの攻略者
美味しいは正義……。
338. 通りすがりの攻略者
この前飯食ってたら子供が見てたからあげたら、ドレスのお姉ちゃんの味がする！　とか言ってたぞ。確かに姫様の料理食ってたけど、なにもんだあいつ？
339. 通りすがりの攻略者

それは草。やべぇ味覚だな。

340. 通りすがりの攻略者
味で分かんのか……。

341. 通りすがりの攻略者
たまたまそういう設定の子だったんだろうな……。

342. 通りすがりの攻略者
ところで、姫様の委託品見た？　またヤバイのあったけど。

343. 通りすがりの攻略者
え、何？

344. 通りすがりの攻略者
近くの組合へダッシュ。

345. 通りすがりの攻略者
数少なかったぞー。

346. 通りすがりの攻略者
お、これか？　魔粘土もなんかやたら高いのあるな……。

347. 通りすがりの攻略者
姫様って《錬金》だよな？　当たり前のように品質C超えてるけど、やっぱ師匠か。

348. 通りすがりの攻略者

おほーっ！　御札買えた。
349. 通りすがりの攻略者
誰か呪うの？
350. 通りすがりの攻略者
やめて！　乱暴する気でしょ！　エロ同人みたいに！
351. 通りすがりの攻略者
妄想力豊かすぎだろお前ら。
352. 通りすがりの攻略者
ドリームランドの住人だからな。
353. 通りすがりの攻略者
どっちを指すかでだいぶ変わるな……。
354. 通りすがりの攻略者
いあ！　いあ！
355. 通りすがりの攻略者
やべぇ方だ！
356. 通りすがりの攻略者
ははぁん？　さては人じゃねぇな？
357. 通りすがりの攻略者

地獄からの使者！　スパ〇ダーマ！
358. 通りすがりの攻略者
地獄からの使者……つまり、姫様の使いだな？
359. 通りすがりの攻略者
あ、確かにそうなるな。
360. 通りすがりの攻略者
姫様。使者はちゃんと選んだ方が良いぞ。
361. 通りすがりの攻略者
待って。
362. 通りすがりの攻略者
それより御札ってなんだよ……。
363. 通りすがりの攻略者
そうだよ。御札ってなんだよ。
364. 通りすがりの攻略者
お札はね。1000円、5000円、10000円の紙幣だよ。
365. 通りすがりの攻略者
おさつの事は聞いてねぇよ！
366. 通りすがりの攻略者

《陰陽術》系統の発動に使用する消耗品らしいな。
367. 通りすがりの攻略者
《陰陽術》とは。
368. 通りすがりの攻略者
御札買ったら《陽術》と《陰術》が解放されたぞ。バフデバフ特化魔法っぽいな。
369. 通りすがりの攻略者
御札入手でスキルが解放されるから、1人1個制限か。誰かに渡せばその人も解放されるだろう
……と。
370. 通りすがりの攻略者
アイテムは分かったから、スキルを上げたい人は頑張って探して……とも書かれてるな。
371. 通りすがりの攻略者
ふぅむ……補助系か。消耗品使ってまで使う価値があるのか……。
372. 通りすがりの攻略者
効果時間が長いけど、御札を使うから少し癖のある魔法らしいな。
373. 通りすがりの攻略者
非常に気になるが、店で見たことないぞ?
374. 通りすがりの攻略者
そうなんだよな。

375. 通りすがりの攻略者
でも頑張って探して……と言うからには、手に入らなくもないんだよな？
376. 通りすがりの攻略者
あるとすれば……《錬金》系のお店だろうな。いやどこだよ……。
377. 通りすがりの攻略者
薬屋じゃねぇのん？
378. 通りすがりの攻略者
薬屋は大体《調合》系だ。となると……雑貨屋が《錬金》じゃね？
379. 通りすがりの攻略者
雑貨屋でも見なかった気がするが……店員に聞けばいいのかね。
380. 通りすがりの攻略者
まあ、上げたいやつが探すじゃろ。

04　ソルシエールの少女

朝起きて、せっせと鉱石を掘り掘り。

《採掘》スキルが２次の《採鉱》に進化したので、２個採れるようになりました。そしてスキルレベルが上がってきた影響か、マギアイアンの出る確率も上がりましたね。実に美味しい。ホクホクです。

昨日の午後の採掘で戦闘スキルも育ちましたが、基本的な２次スキルは30までは新しいアーツや魔法を覚え、35からは以前のスキル強化が入るようですね。

《高等魔法技能》が35になりましたが、生活魔法がより効率良くなりました。つまり効果的な恩恵はあまりない。スキルレベルが上がることで全体的な補正は上がるので、よしとしますけどね。

《魔法触媒》は20で【マジックスタンス】です。魔法攻撃力上昇で、魔法防御力が下がる。基本は【マジックスタンス】で良いかもしれません。

《閃光魔法《せんこう》》も【ルーメンレイ】を覚えたので、貫通力の高いレーザーが撃てます。

よし、掘り終わったので朝食にしましょう。

朝の行動を済ませ、早速ログイン。今日は何をしましょうかね。

……とりあえず魔粘土を少し作りましょうか。離宮から出て土と水を集めます。

集め終わったら離宮へ戻り、錬金室で自分にエンチャントを使いバフを付けつつ、魔粘土を錬成します。清浄の土と追憶の水、そして魔石代わりにオーブを使用。

さあ、魔力を解き放て！

……まあ、格好良く言おうがただの自爆なんですけど。しかも原因は自分の技量不足という恥ずかしい理由。ＨＰがゴリゴリ減る。

ついでに作った魔粘土を使用し、水を入れる水瓶でも作っておきましょう。

《《錬金術》がレベル25になりました》
《《錬金術》のアーツ【属性合成】を取得しました》

［道具］　追憶の浄瓶　レア：Ｅｐ　品質：Ｂ
魔力をふんだんに含んだ魔粘土から作られた水瓶。
魔力を含んだ水を保存するのに適している。

うん、まあ良いでしょう。

【属性合成】

2つの属性を合成することで、より属性を強化させる。


ふむぅ……複合属性が可能ということでしょうか。

この辺りは要検証ですが……検証するための素材から集めないとですから、当分無理ですね。そもそも属性素材がそんな見つかってません。属性金属複数用意して試す手がありますが、コスト。

魔粘土を25個ほど作り、オーブが残り32個。クリアオーブは今20個ですか。生産にオーブ使用は消費が激し過ぎますね……。とはいえ魔石はレアドロップですし、ただで手に入る魔石としてはとても優秀なのですが。

んー……とりあえず、魔鉄鉱石を8個使用してインゴット2個作りましょう。そしたらアルマディンマギアイアンへ。これで3個になるので、エルツさんに渡せば片手武器になるでしょう。

よし、お昼までラーナに構ってもらいましょう。


〈特定の条件を満たしたため、《古今無双》にエクストラアーツが追加されました〉


お昼は家にあった素麵《そうめん》で済ませ、午後のログイン。

午前中に【守りの型】を取得しました。あまり出番はなさそうですけど。

作った水瓶に追憶の水を汲《く》んで補充。

エルツさんのところへ行きましょう。

「いらっしゃいませ」

「店主に会いに来ました。アナスタシアです」

「少々お待ちください」

店員さんにエルツさんを呼んでもらいます。

出てきたエルツさんに「加工してみませんか？」と、鉄が薄っすら赤くなったインゴットを渡します。

「おぉ⁉　早速新しい施設の出番だな！　3個か。何作る？」

「片手槌《づち》をお願いします。そうですね……メイスで」

「メイスだな。早速作ってくるか」

片手槌と言っても、形状が複数ありますからね。モーニングスター的なイボイボ球体やただのハンマー、そしてメイスと。

形状はシンプルなほど耐久率が高い……らしいですよ。より具体的に言うと、表示耐久数値が同じ100だとしても、両手剣と細剣のそれは違う。このゲームの耐久は全てパーセント表示であり、使い方によってはへし折れるんですよね。つまりシンプルな方が壊しづらいと言った方が良いかもしれません。

武器は攻撃に、防具は防御に……と、それぞれ適した使い方をすれば耐久の減りは少なくなる。そのためウェポンガードなどは失敗するとリスクが高い。アーツだけに頼らず、しっかり使いこなす必要があると。

作るのに少しかかるでしょうから、バナジウムとモリブデンを店員さんに買い取ってもらい、ツルハシを補充しましょう。

「やっぱりこ……姉さんでは？」

「ん、んー……？　ああ！　いち……いえ、委員長ですね？」

お客としてお店にいたプレイヤーの1人がクラスメイトですね。

「ラピスです。噂《うわさ》の姫様……アナスタシア？　となると妹ちゃんは……」

「私の妹ですね。私はターシャ、もしくはスターシャ。別に姫様でも構いません」

「んー……じゃあターシャでいい？」

「構いませんよ」

クラスメイトの委員長。一ノ宮瑠璃《いちのみやるり》。瑠璃→瑠璃色→ラピスラズリ→ラピスでしょう。ある意味そのままです。

アバターが三つ編みしてないので新鮮ですね。一瞬誰かと思いました。ラピスさんはアビーより少し大きいぐらいで割と小柄です。しかし担いでいるのが両手槌。くせっ毛で肩までの長さのミルクティー色ですか。目は名前からか青。そのためリアルとだいぶ雰囲気が違います。分かった私を褒めて欲しいぐらいですよ。

防具は《軽装》でしょうね。ミニスカワンピース型の防具で、前面に革のプレートみたいなものがあって、他は布です。首元や肩にはファーがありモフモフ。長袖でグローブをして、靴はスネに

届かない……エンジニアブーツというべきですかね。そのため体のラインは一切出ていませんね。強いて言うなら足が出ているぐらいですか。

「ターシャもゲームするんだね？」

「勿論《もちろん》しますよ。妹がゲーム好きですからね。と言うか、委員長もするタイプには見えません」

「たまたま買えちゃって。いい値段したからやらないと勿体《もったい》ない……から。これが中々面白くて」

いざやってみたら面白くてハマったと。ようこそ、沼へ。歓迎しよう。

「おう、待たせたな。予想通りの物ができたぞ」

「火属性のメイスですか。いくらです？」

「金の代わりに情報が欲しいな。こっちが金出しても良いぐらいだ」

「んー……まあ、良いでしょう。ではラピスさん、また今度」

「またねー」

フレンド登録してから、エルツさんに付いていって工房の方へ。当然ながら錬金室とはだいぶ雰囲気が違います。鍛冶工房なので炉や金床ですね。

「さて……属性金属ですが、《錬金》で作った物ですよ。他の作り方は不明です」

「《錬金》かぁ……」

「今のところ魔鉄のインゴット、魔石中以上、宝石中以上です」

「それでアルマンディンマギアイアンか。そもそもマギアイアンがなー……」

「まだ出ていませんか？」

「少なくともまだ持ち込まれてはいないな」

「我が家で採れるのを考えて推測するに、マナ濃度の濃い場所に鉄鉱脈がないと、魔鉄にはならないと思います。ハウジングで結界と鉱脈を置くのが条件かと。冥府はマナ濃度が濃いっぽいんですよね」

「なるほどな。あの結界高いが……試すべきか？　どのぐらい採れる？」

「《採鉱》になって20回中半分ぐらいは魔鉄なので、結構な確率ですね。濃度によるのかもしれませんが、比較ができないのでなんとも」

「ふむぅ……。一陣の運命、人柱になるしかないか……」

一陣は基本手探りですからね。出回る新しい情報はトッププレイヤーという名の人柱から提供されたものが大半です。仕様が分かるのは運営のみ。誰かしらが試して情報を出さないといけません。期待以上の時もあれば、期待外れな時もある一種の賭けですね。1人目が情報を出してくれないと、犠牲者が増える……と。

属性金属はとりあえず置いておき、エルツさんと交渉です。マギアイアンのインゴット加工。ハルチウム製装備の作成ですね。

「魔鉄の加工はこっちも美味しいだろうから構わない。ハルチウム製は情報貰《もら》ったし値引きしてもいいな。普段持ち込みはインゴからだが、一番上の素材は別だ。ハルチウムならこっちの経験値になるから問題はない」

「マナ濃度云々《うんぬん》は魔蚕関係でダンテルさんには話しています。まだ検証段階だとは思いますが」

「後で聞いてみるか……とりあえず、片手剣、片手槌、両手剣、両手槌、小盾、大盾だな？」

「そうですね」

「装備できる召喚体持ちは大変だな。値引きして67万ぐらいか」

「お、だいぶ減りましたね。問題はお金がないことですけど」

「ハウジングにでも使ったか？」

「ええ、そりゃもうガッツリと錬金施設に……」

「まあこれから作るし、今すぐじゃなくても良いけどな」

料理でお金を稼ぐか、魔石を委託で買って魔粘土にして売る……というのも良いですね。今なら御札も需要ありそうですし、とても悩ましい。

昨日寝る前に、ダンテルさんに鞍《くら》の作成を頼んだんですよね。それで20万が飛ぶので、お金がカツカツ過ぎます。とりあえず鉱石を渡して出稼ぎに行きましょうか。いや、内職の方が近い気も。


一度エルツさんのお店を後にし、組合へ行き委託の売り上げを回収。御札と魔粘土で50万乗りましたね……貯金と合わせて１・１Ｍほどですか。売らなくても足りる額にはなってますが、すっからかんになってしまうので結局売らないとダメですね。

魔粘土が売れている以上、それなりに使っている人がいるんですね……《人形術》……。

魔石の中サイズは……約８００ですか。オーブよりこっち使った方が良いのでは？　今のところ魔石は需要がいまいちですからね。使い道が見つかって値上がりする前に確保しておきますか。

8万で100個。

ジャーキーは……今主流ですから結構出回っていますね。値段も私が売っていたより多少落ちていますが、思ったより落ちてはないと。つまりまだまだ稼ぐのに使えそう。

えっと……魔力紙のレシピは……植物性繊維と魔力粘性ゲル。魔力粘性ゲルは……スライムジェルと水に魔石。これはサイズ不問なので極小で1個200。繊維は紙の実または木材の端材。

買うと1枚400ですが、自作なら一度に5枚できます。原料費は魔石とスライムジェルで1枚60ぐらいですか。師匠から買うよりは委託で素材買った方が良さそうですね。

作る手間はまあ、【再現】でも使用しましょう。魔石とジェルを100個ずつ。

料理の材料は既にあるので、特に買う必要はありませんね。


マイハウスへ帰ってひたすらジャーキーや御札、魔粘土を量産します。

ランプとトッケイが沢山あるので、ランプはジャーキーに、トッケイは唐揚げにしてしまいましょう。竜田揚げ的な感じで。イベントで交換した調味料セットで味付けは問題ありませんからね。

《《料理人》がレベル25になりました》
《《料理人》のアーツ【短縮処理】を取得しました》

【短縮処理】

下処理にかかる時間が短縮されるパッシブアーツ。

地味ですが、便利ですね。
魔力粘性ゲルの水を追憶の水で作ったりしつつ、せっせと量産。稼ぐには数が必要です。
ジャーキーが９００個。唐揚げが１９０本。御札が１２００枚。魔粘土が15個。
単価が高いのは魔粘土ですが、換金効率で見ると微妙ですね。他は複数個できますが、魔粘土は1個しかできません。正直、ジャーキーの換金効率がぶっ飛んでいるんですよ。お肉1個から60個できますからね。作るのが面倒なのは確かですが、作る価値はあります。

《《空間魔法》がレベル30になりました。スキルポイントを『2』入手》
《《空間魔法》の【インベントリ操作】【空間補強】を取得しました》

おや、空間ですか。勝手に上がっていくのは便利でいいですね。使い道と使い勝手がいまいちなのが最大の問題で、最高にネックですけど。

【インベントリ操作】
インベントリの拡張操作が可能になる。個別に時間停止するかしないかを選べる。

【空間補強】

防御系魔法やバインド系が強化されるパッシブアーツ。

なるほど？　これまた地味ですね……。便利なのは間違いないでしょうけど、インベントリの時間操作ですか。……そう言えばワイン樽《だる》を部屋に出しておきましょう。ええ、もうマイハウスがあるので……正直イマイチですね。

【リターン】が一番嬉《うれ》しい感じでは？　短距離転移とか覚えないのでしょうか。

まあ、組合に行きますかね。地上へ出ると空は夕暮れですね。生産で時間が潰れましたから。

鞍用の20万を残して組合に預け、作った4種を出品します。

ダンテルさんと連絡を取り、買いに行きましょう。

「お、来たか」

「ごきげんよう。買いに来ました」

「20万な」

「どうぞ」

「まいど」

早速ＵＩからホースとワイバーンに装備。素体が骨だと問題があるので、ゾンビです。

鞍があると《騎乗》系スキルに補正が入るようです。より乗りやすくなるわけですね。

「そういやあれ買ってみたが、ちゃんと解放されたぞ」

「それは良かったです。条件合ってましたか」

「早速集めだしたが、中々数揃《そろ》えるのは大変だなぁ。育成系スキルあった方が良いかもしれん」

「取ったんです？」

「うむ。世話になりそうだからな。何部屋か占領されそうだ。と言うかさせる」

複数買えば純粋に採れる数増えますからね。問題は増築用土地スペースですか。

「そう言えば別件だが、ドレスとメイド服の目処も立ったぞ」

「別件？」

「アラクネの人がスパイダーシルク出せるようでな。納品待ちだ」

「スパイダーシルク……なるほど。特性は？」

「前衛向けがスパイダーシルク。後衛向けがワイルドマナシルク。そして万能型、ロイヤルマナシルクだろうか？　困ったらロイヤル！　なお値段」

「エリーとアビーはお金の用意、できてるんですかね？」

「値段自体は伝えておいたから、一応姫様にも報告をな」

「そうでしたか、ありがとうございます」

少し話して、ダンテルさんのお店を後にします。

空が橙《だいだい》に染まる中歩いていて、ふと西側を眺めると……何か来ますね？　飛んできたものは……箒《ほうき》に人が乗ってる！　まさに魔女！　緑マーカーが見えるので住人ですね。

そう言えば魔女達が集まりそうとか師匠が言ってましたね……。実際に集まってきたのでしょうか？　となると、昨日の人も魔女の可能性が高いですね。

お目当ては追憶の水でしょう。とは言え、私が直接関わる必要はありません。死に戻りした人達がお持ち帰りしてますからね。品質高いのを求める場合ぐらいですか。

綺麗《きれい》な銀髪と碧眼《へきがん》を持った魔女の少女が、真っ直ぐこちらへやってきます。

「濃厚で濃密な死の気配……高位不死者。名を知りたい……」

綺麗な声ですが、のんびり屋さんですね？　表情の変化に乏しいマイペース少女ですか。

……魔女は研究者気質で変人が多いとも聞きましたね。

「アナスタシア・アトロポス・ネメセイアです」

「ネメセイア……！　さすがの私も初めて。大当たり……会えて光栄……」

少女の名前は、ソフィー・リリーホワイト・ソルシエールと言うそうです。

「ソルシエールさんですね」

「んー……違う。それは称号に近い。ソフィーでいい……」

「あらあら、リリーホワイト様まで来ましたか。しかも早速接触を……あまり迷惑をかけてはいけませんよ？」

「ん、久しぶり」

ルシアンナさんではないですか。少なくともルシアンナさんが様付けで呼ぶ程度には、地位がある人なんですね？　そして親しげです。

称号に近いと言うのも気になりますね。ん、ソルシエール？　フランス語で魔女でしたか？

「ソフィーさんは魔女ですか？」

「ん、ソルシエールの名を持つ魔女」

ソルシエール自体に意味がある言い方ですね……これは。

「アナスタシアさん。異人の間で魔女に関しては？」

「恐らくさっぱりの人が大半かと。私はメーガンさんに少し聞きましたが、名前までは……」

「では名に関してご説明しましょう」

教えてくれるそうなので、教えてもらいましょう。断る理由がありません。

「魔女には一応ランク付けがあります。一番下が魔女見習い《アプレンティスウィッチ》ですね。試練をクリアして一人前の魔女《ウィッチ》となります。そして薬学は勿論、力も得た者を大魔女《マギサ》と呼び、その中でも極一部の者が不老の魔女《ソルシエール》となります」

「と言うことは……」

「はい。リリーホワイト様は間違いなく天才であり、魔女で知らぬ者はおりません。最年少でソルシエールへと至った者。ソルシエールとなった時点で成長が止まる……つまり以前のままです」

ソフィーさんを見ると、乗ってきた箒を持ってふふんとないむ……いえ、多少ある胸を張っています。

ちなみに見た目は12歳ぐらいの少女で、服装は所謂《いわゆる》ゴスロリ風のワンピースに大きな帽子です。当たり前のように色は黒。うん、魔女ですね。黒ローブではないので、ちょっとお洒落《しゃれ》な魔女。

「今はもう少し成長してから……とか思う。己の感情に素直に突っ走った結果がこのザマ……」

じとっと私の胸を見ながら言うので、表情の変化はほぼないものの、気持ちは手に取るように分かります。

　とりあえず、魔女の中でも一番凄い人の一人ですか。大魔女《マギサ》の時点で戦う力も持っている……と思って良いのでしょうね。

「うちに泊まりますか？　それともマルカラント家に行きますか？」

「ん、世話になる。お土産は持ってきた……」

「ではお部屋を用意しておきますが、すぐに？」

「んーん……後で」

「では私は戻っていますので」

「ん」

　ソフィーさんは教会にお泊まりですか。ルシアンナさんは帰宅。

　私はソフィーさんの持っている箒に興味津々です。

　ここの運営がそう簡単に飛ばせてくれるとは思いませんが、道具があれば人も飛べるんですね？

「ダンジョン産のグラビティコアとエアスラスターを付けた……」

　私の視線に気づいたソフィーさんが見せてくれました。

　ダンジョン産ですか。実に気になりますね。

「前と後ろにエアスラスター、中央にグラビティコアが付いてる……。慣れると燃費が悪い以外は中々……」

「慣れないと？」

「グルングルン回った挙げ句にスラスターでぶっ飛ぶ……」

イメージ的には……鉄棒に跨《また》がっている状態で、スラスターにより方向転換ですか。バランスが取れないと回って、更にスラスターでも吹っ飛ぶと。

さすが運営。期待を裏切らない。酷い話だ。

「もっと手に入れば安定させられたんだけど、もう慣れたからいい……」

「自分で作れるんですか？」

「重要部品、エアスラスターやグラビティコアさえ手に入れれば良い……」

「なるほど……」

「そして……空で魔力切れになると当然落ちる……」

「まあ、うん……」

「よって、余程の魔力がない限り大人しく従魔や召喚体が安定……」

魔動式なわけですね。筈なのでグライダーもできるわけがなく、燃料がなくなった瞬間地面と熱い抱擁を交わすわけですか。デンジャラスですね。

そしてこの子は相当な魔力量と。

「ところで、冥界の素材を見せて欲しい……」

「今持ってるのは5種類ですね。えっと……」

持っているのを1つずつ見せていきます。ロータスに水、土とプニカ、そしてネザーライト。

「とても良い物。全部欲しい……。特にムーンネザーライト。これのもっと上等な物……」

「私のスキル的にこれぐらいが限界ですからね……」

「ネメセイアは王家のはず。採ってもらえばいい……」

「…………そう言えばそうですね。言えば良いのか」

何という盲点！　侍女に言えば担当者に話がいって採ってきてくれそうです。

少なくとも現状なら、私よりもスキル高いでしょう。ハウジングの鉱脈はともかく、他のは頼みますか……。

「気づかなかった……？」

「ええ……次からそうしましょう」

「宝石のお礼は……異人用リザレクトポーションの開発研究。完成したらレシピをあげる……」


『異人用リザレクトポーションの開発研究』

生きる伝説、ソフィー・リリーホワイトの興味を惹《ひ》けた。

彼女の欲するアイテムを渡し、恩を売っておくと良いかもしれない。
1．品質A以上のムーンネザーライトを渡す。
発生条件：蘇生薬《そせいやく》の製造法を知っている住人との交渉
達成報酬：異人用リザレクトポーションのレシピ

これは……やらざるを得ませんね……。ようやく蘇生薬のお出ましですか。

とは言え、今すぐは怪しいですか？

「ソフィーさん、しばらくこの町にいます？」

「ん、いる予定」

「教会でしたね。一度冥府に行ってくるので、後程お会いしましょう」

「戻る前に、今持ってたお水売って……」

「この品質で良いのですか？」

「物によって変えるから良い……」

正直我々からしたら汲んでくるだけなので、大した値段にはならないんですよね。売るのが私だけではないので、値段を決めるのがとても難しい……というか無理。ＭＭＯですからね。

容れ物はあるようなので移し替え、あげてしまいましょう。これから採ってくるであろう、品質が高い方はお金貰いましょうかね。

ゲーム内が夜に切り替わるので、一度ソフィーさんと別れて離宮へ。


転移して近くにいた侍女に魔粘土で作った水瓶3個と、中身をリセットした湧き出る水筒を渡し、汲んできてもらいます。

そうしている間に大体傍にいる……私の専属であるエリアノーラがやってきたので、聞いてみましょう。

「ムーンネザーライトの品質A以上が欲しいのですが、手に入りますか？」

「勿論。サイアーがお望みでしたらすぐさまご用意致します」

「では必要なので一つお願いします」

「畏《かしこ》まりました」

　少しすると水がやってきたので品質を確認すると……Ａ＋でした。自分で汲むより遥《はる》かに高いです。湧き出る水筒もＡ＋になっているので、ホクホクですね。さすがにゲーム的にＳは期待していませんでしたが、Ａ＋でも期待以上です。

　更にもう少しすると大粒の綺麗な宝石がやってきました。同じく品質Ａ＋なムーンネザーライト。これでクエストが先に進みそうですね。ゲーム内が朝になるのは18時でしたか。先にエルツさんの方へ行き、装備を受け取りましょう。


　再び組合に足を運び、67万引き出します。全財産残り20万ですか……だいぶ減りましたが、今出している委託を回収すれば増えるでしょう。しばし我慢。

　エルツさんのお店に突撃します。

「……あ、ターシャ。良いところに」

「ラピスさんでしたね。どうしました？」

「装備で悩んでて、アドバイスが欲しくて……」

　ほほぉん？　二陣が来てから1ヵ月は経つので、武器種の悩みではないでしょうし、素材ですか。

「今青銅なんだけど、鉄に変えるべきかな？」

「今ベースレベルはいくつなんです？」

「今21」

「なら鉄は飛ばして鋼ですね。青銅からなら鋼、銅からなら鉄。20台は武器が変わらないと思っていいので、理想は鋼です。今最新のコバルトハイスは30台が目安なので、それまで鋼で頑張ることになります」

「じゃあ少し奮発して鋼を買った方が良いんだね？」

「トップ組がコバルトハイスにシフトするため、鋼装備の値段が下がっていますから、買い時ですが……もう少し待った方が良いかもしれません」

　鋼とコバルトハイスの装備は値段差が結構あります。これはトップ層や一陣向けなのでその分高い……というのもありますが、コバルトハイスって5種類の合金なんですよね。原価が上がるので売値も上がると。

　鉄を鋼にして、鋼にクロム、コバルト、モリブデン、バナジウムを混ぜる。鉄を鋼にしてそのまま武器にするより当然値段が上がります。アーツの【再現】を使用しても、手間は手間。

「何かあるの？」

「ここ数日、ハルチウムが出てきたんですよ。恐らくコバルトハイスの上なので、鋼が更に下がる可能性があります」

「なるほど……なら待つべきかな……」

「それにしても、両手槌とはパワフルですね」

「いやぁその、叩《たた》きつければいいから楽でね。私あまりゲームしたことないから」

「なるほど。片手剣と盾がオーソドックスなスタイルと言われますが、シンプルさで言えば両手槌ですか」

斬る時によく刃を立てるとか、刃筋を立てるとか言いますが、刀剣系は地味にあるんですよね。剣を使うにはそれなりの技術が必要。特に日本刀系は影響が大きめだとか。

それに比べ槌は鈍器なのでぶん殴ればいい。ただし、鈍器は鈍器でクリーンヒットさせる技術が必要ですが。ラピスさんの背負っている両手槌はハンマー……ウォーハンマーですね。盾で防ぐとかも考えなくていいため、実にシンプルです。全力でぶん殴るのみ。

「おう、来てたか。できたぞ?」

「67万で良いんですよね?」

「おう」

「委託を回収してお金ができたので、持ってきています」

「中々良いスキル修練になった。マギアイアンも渡すぞ」

お金と装備をトレードして、装備はそのまま《死霊秘法》の方へ回し、テンプレートの装備を切り替えておきます。

そして、ハルチウム装備のアーマーを召喚。

「どうです一号。問題はありますか?」

「カタカタ」

「ないようですね」

アーマーを送還し、テンプレートを更新。続いて骨で召喚します。

「問題は？」

「カタカタ」

「では、【チェンジアームズ】」

一号が前に出た魔法陣に持っていた片手槌と盾をしまい、両手槌を引き出します。

「そちらで問題は？」

「カクン」

「あるんですか……」

とは言え一号は喋《しゃべ》れないので、モーションで表現してきます。

持ち上げる動作をしていますね……。

「重い？　重量問題ですか？」

「カクン」

「筋力不足」

「カクン」

「ああ、そういやハルチウムは硬い分、結構重量があるっぽいな？」

ふむぅ……骨ではなく、ゾンビ素体で召喚し直します。

「問題は？」

「カタカタ」

「ふむ……骨素体の欠点ですか。軽い武器は骨に、重いのはゾンビですかね……」

ゾンビ素体からスケルトンウルフに切り替え試させます。

「そちらだとどうです？」

「カタカタ」

「問題なし？」

「カクン」

「んー……四足だからでしょうか？　同じ骨でも素体で違いありと……」

テンプレートを少し弄って保存しておきます。

青銅の片手槌、ゼルコバの円盾はお役御免ですかね。エルツさんに引き取ってもらいます。

「ハルチウムよりコバルトハイスの方が軽いか。その辺りでバランス取るか？　合金も試さないとな……じゃあ、作業に戻る」

「ええ、ありがとうございます」

「おう、まいど！」

エルツさんは工房に引っ込んでいきました。

「67万を払えるのかー。さすが一陣？」

「生産もしているので、そちらで稼いでいます。装備は召喚体用なので、数が多いためどうしても値が張るんですよね……」

「召喚系気になってるんだよね……」

「基本的には育成ゲームになりますね。戦闘させたり食事させたり、どう振る舞うかで多少変わるらしいですよ」

「兎《うさぎ》とか抱えてる人見るとちょっと羨ましいんだよね」

「骨も……見てると可愛いですよ……」

「その趣味はないかなぁ……」

「可愛くないですか、ミニスケルトン」

「あ、これはちょっと可愛いかも……」

「一応ちゃんとデフォルメされてますからね？」

まあ、ミニスケルトンはワーカーなので特殊ですけども。

この後しばらくラピスさんと話して時間を潰しました。

主に掲示板の使い方を教えておきました。情報収集には便利ですからね。とは言え、鵜呑《うの》みにしないようにも言っておきますが。

「ではゲーム内が朝になったので、用事を済ませに行きますね」

「うん、ありがとうね」

「いえ、では」

日が昇って少し経ったのでラピスさんと別れ教会へ向かい、近くのシスターにソフィーさんを呼んでもらいましょう。

しばらくして、少し眠そうなソフィーさんがトコトコやってきました。

「おはようございます。ご注文のお品をお届けに参りましたよ」

そう言って水瓶3つを並べ……た時点でバッチリ目が覚めたようですね。眠そうな目からキラキラお目々に変化しています。

そしてムーンネザーライトを渡します。

「おぉ……とても良い。さすが王家、凄い……」

「そちらで問題ありませんか？」

「ん、完璧。こちらも約束を守る……」

『異人用リザレクトポーションの開発研究』
生きる伝説、ソフィー・リリーホワイトの興味を惹けた。
彼女の欲するアイテムを渡し、恩を売っておくと良いかもしれない。
1．品質A以上のムーンネザーライトを渡す。
2．異人の死亡場面を彼女に3回見せる。
発生条件：蘇生薬の製造法を知っている住人との交渉
達成報酬：異人用リザレクトポーションのレシピ

目の前で死ねと申すかこの少女は。

んー……始まりの町の門で出待ちして狩るとか鬼畜行為するわけにもいきませんし、私が死ぬのもスキルを控えに移したところでここでは難しい。

光が弱点のままなら自動回復を控えに移せば死ねたのですが……今は不可能。

むむむ……今こそ自分の個人板の使用時では？　あそこの人達ならちょっと死んでくれそうです。３人に協力をお願いして、報酬に１人２万ぐらい渡しましょうか。では早速、クエストのご協力をお願いします……と。

「ん」

うん、釣れましたね。早いなぁ。

「ソフィーさん。北門で集合になりましたので、組合に寄ってからそちらへ行きましょう」

報酬の６万を下ろしてから北門へ向かいます。

もう集まっているようですね……ほんと、早いですね。

「よろしくおねがいしますね」

「「「任せな！」」」

３人共組合に所持金を預けてきて、装備も耐久設定のない初期装備で準備万端です。

「初期装備とは言え、ラビットだと時間かかるし……姫様に攻撃してもらった方が早いな？」

「「ということは……」」

「「「カモォン！」」」

「あ、はい」

「1人ずつね……」

「分かりました」

なんでそんなテンション高いのか分かりかねますが、指示通り1人ずつですね。PK判定されても困るので、決闘モードにしてピラーを置くだけ。勝敗の条件にHPを設定すれば、瀕死《ひんし》状態で決闘モードが終わるので、その後回復せずに近くにいる兎さんを突いて倒される……と。

そんなことをソフィーさんに従いつつやっていきます。

「ふぅん……分かった。じゃあ素材は今なら……」


『異人用リザレクトポーションの開発研究』

生きる伝説、ソフィー・リリーホワイトの興味を惹けた。

彼女の欲するアイテムを渡し、恩を売っておくと良いかもしれない。
1．品質A以上のムーンネザーライトを渡す。
2．異人の死亡場面を彼女に3回見せる。
3．指定されたアイテムを集め、彼女に渡そう。
発生条件：蘇生薬の製造法を知っている住人との交渉
達成報酬：異人用リザレクトポーションのレシピ

クリスタルロータス、追憶の水、ホーリープニカですか。全て冥府素材……手持ちで十分ですね。

「進んだー？」

「ええ、ありがとうございます。報酬を渡しますね」

「1回死ぬだけで2万貰える簡単なお仕事です」

住人からしたら相当クレイジーですけどね。

戻ってきた3人に2万ずつ渡し、ソフィーさんと移動します。

移動先は………おや、メーガンさんのお店ですか？

「来た……」

「……やっぱり来たかい。と言うか、早速捕まえたのかい……」

なぜ哀れんだ目で私を見るのです師匠。

「錬金の知識が必要……」

「お前さんが持ってくるものは難題ばっかりなんだがね」

「異人用リザレクトポーションの錬金レシピ確立。よろしく……」

どうやら調合系はソフィーさんがやり、錬金系をメーガンさんにさせるつもりのようですね。

メーガンさんは溜《た》め息ついてますが、やるようです。

「夕方以降、教会に来て……」

「分かりました」

『異人用リザレクトポーションの開発研究』

生きる伝説、ソフィー・リリーホワイトの興味を惹けた。

彼女の欲するアイテムを渡し、恩を売っておくと良いかもしれない。
1．品質A以上のムーンネザーライトを渡す。
2．異人の死亡場面を彼女に3回見せる。
3．指定されたアイテムを集め、彼女に渡そう。
4．夕方以降、ソフィーと接触して受け取ろう。
発生条件：蘇生薬の製造法を知っている住人との交渉
達成報酬：異人用リザレクトポーションのレシピ

ふむ。これで後は受け取るだけですか。

夕方以降ということは……リアルで21時以降ですか。寝る前に回収すればいいですね。

メーガンさんのお店を後にして……さて、夕食まで何しましょうかね？　いっそのこと、今日は生産して金策に走りましょうか……ああ、いや。ワンワン王でも呼んでお勉強しましょう。そうしましょう。

離宮へ転移してから、ミニ立像でも呼べますかね？

「ティンダロスの王よ、言語を教えてください」

……来ましたね。

「やるのか？」

「ええ、向こうの体が食事の時間までお願いします」

「良かろう」

転移用のミニ立像から離宮の部屋に移ります。

移動の際、侍女達は端で頭を下げて待機。ワンワン王がいるせいか、いつもよりキリッとしていますね。

そしてティンダロスの王から《古代神語学》の授業が始まります。絵面？　外なるもの絡みの時に気にしてはいけませんよ。

ついでにこの世界での彼について聞いてみましょうか。元ネタがあるので、このゲームでどうなっているのか、確認しておかないとちょっと困ります。


まず元となったクトゥルフ神話での設定ですが……。

ティンダロスの王やティンダロスの猟犬。クトゥルフ神話を齧《かじ》った程度の人でも聞いたことがあるんじゃないかな？　という程度には有名な存在ですね。

実は彼らは別の種族です。『ティンダロス』という別次元、または異世界など……ハッキリしていませんが、土地の名前と思えば良いでしょう。なので、ティンダロスに住む『ティンダロスの王』と『ティンダロスの猟犬』と言われる別々の存在です。あくまで種族名なので、王だから１体しかいないというわけではありません。

猟犬とは言っていますが、『人間』にとってそう見えるだけで、犬ではありませんし、そもそも肉の体を持った存在ではありません。つまり『ワンワン王』は正しくないのですが、気にしたら負けです。犬のように見えるから猟犬。故にワンワン。ティンダロスの王、猟犬達の王バージョンだからワンワン王。……そんな可愛げのある存在ではありませんが。

彼らは時間の角《かど》に棲《す》んでいるとされています。は？　って感じですが、そういう設定なのです。理解しようとせず、感じるんです。そのまま受け入れよ。

120度までの角は彼らの領域で、そこから亜空間移動してくるわけですね。人間の部屋って基本箱型なので、角があるんですよ。そこからティンダロスのもの達は不法侵入してきます。角という限定が付きますが、距離が無制限なのは勿論、時間軸すら超えた転移能力あり。このゲームで言うなら《空間魔法》系のプロフェッショナルでしょう。

彼らとの接触パターンは大体が時空関係です。過去や未来を覗《のぞ》いたりする時や、移動時ですね。この時目が合ったりすると、絶対殺すマンとして追いかけてきます。撃退すれば諦めてくれるそうですが、人間が倒すのは……うん。という状態。

さて、何が問題かと言うと……ステルーラ様。恐らくクトゥルフ神話で言うところの副王、ヨグ＝ソトースだろうという推測がプレイヤーではされています。というか、常夜の城で読んだステルーラ様の本の記述からすれば、もう確定の描写がありましたね。

ヨグ＝ソトースは『玉虫色で、くっついたり離れたり常時形を変える球体の集まり』的な描写がされるのですが、そう……球体なんです。本来角であるティンダロスとは相性が最悪なんですよね。ヨグ＝ソトースも時空能力を持っているので、ティンダロスの王とは敵対関係なのです。ヨグ＝ソトースが『曲がった』時間。王が『とがった』時間。

しかしこの世界では、ステルーラ様の使い的な感じなんですよ。よって、その辺りの関係性などを聞いておかないと、大変困る。

後は……彼らは本来、死体安置所の臭いがして、周囲に吐き気をもたらしますが、このゲームだとなさそうです。スキルとして持っていて、オフにしている……という可能性もありますが。

というのが元になった設定。重要なのはこのゲームでの設定。

ティンダロスの王によると、深淵《しんえん》に彼らが住まう土地があるようです。ステルーラ様の管轄領域の一つですね。深淵の名前はちょいちょい出ていました。深淵には種族ごとに合った空間を用意してくれているから、楽園だそうですよ。椀飯振《おうばんぶ》る舞《ま》いですね。スケールが違います。

それはつまり……深淵は物凄く広く、とてもカオスのようですね！

基本的に能力などはそのままですが、敵対ではなく友好的。時空渡航者絶対殺すマンではなく、契約違反者絶対殺すマン。撃退されても諦めず複数で行ったり、もっと上の外なるものが派遣されたりするようなので、ある意味原作より悪化してますね？　これが聖職者の腐敗を防げる理由と。

ティンダロス関係は猟犬と王、後は……ヨグ＝ソトースと殴り合っている、ティンダロスの大君主がいましたっけ。ティンダロスの王の中でも最も強力な存在。

「王よ、あなたに個体名はあるのですか？」

「余か？　ミゼーアだが？」

あ、はい。大君主がそんな名前でしたね。大君主自ら言語のお勉強。緩いですね。……あ、私も王か。相手のこと何も言えない。

相手がどんな存在だろうと、友好的なら何の問題もありません。喧嘩《けんか》売らなきゃ良いのです。そもそも相手、レベルカンストしてますからね。瞬殺されますよ。

とりあえずある程度は分かったので、スキル上げしましょう。


そろそろ夕食ですか。お勉強を終わりにします。

えっと……大体3時間？　ゲーム内半日ですね。《古代神語学》が5と言うと……ゲーム内丸1日使って10？　《言語学》系はレベルと言うよりパーセントな気がするので、１００まで持ってくのに……リアル60時間ですと？　えー……2日と12時間ですか。

ＭＭＯと考えると……全然ましか。ちまちま頼むとしましょう。

「そう言えば、《聖魔法》は取ったか？」

「いいえ。自分や下僕に使えないので、取っても上げるの苦労するので」

「ふむ。信仰は必須ではないが……こちら側に来るならば、あった方が選択肢が増すぞ？」

……つまり進化先ですね？　その辺り詳しく。後戻りできないことなので、とても大事。

「信仰にも様々ある。具体的なアドバイスは……そうだな、ステルーラ様にも様々な顔がある。お前はどの顔を選ぶ？」

顔……ああ、なるほど。本で見たばかりですね。光と闇を司る神、生と死を司る神、時空と運命を司る神、契約と断罪の神。それぞれ顔になるので、どれを選ぶかということでしょう。

「そう……ですね。時空と運命も気になりますが、強いて言うなら契約と断罪でしょうか？」

「ほう、なぜそれを選んだ。説明が可能か？　しっかりとした意思こそが重要だ」

「なるほど。『約束は守りたい』という具体的なものはありますね。他はこう、難しいんですよね。かろうじてイメージはできますが、時空と運命は難解です」

「ふむ、お前の考えはよく分かった。それで良い。大事なのは神が見ていると信じ、恥じない行動をすることだ。より人に分かりやすく言うなら、親に顔向けできる行動を取れ。信仰を難しく考える必要はないのだ」

見た目あれですが、めちゃくちゃ良いこと言ってくるのヤバイですね。目を瞑《つぶ》って声だけ聞いた方が良いのでは。

それはそうと、《聖魔法》は何の関係が？

「先程のは想いの、内面的なこと。心構えだ。そして《聖魔法》を含むスキルが外側、肉体的な問題だ。信仰の絡んだ進化にはどちらも重要だからな」

「なるほど。スキルレベルはともかく、持っておけと？」

「レベルも高いに越したことはないが、その通りだ。あることに意味がある。こちら側に来たら聖も普通に効果を受けられるしな」

「あ、そうなんですね」

「ああ。ただ、デメリットとして他の属性が潰《つい》えるぞ」

「……使えなくなるのですか？」

「そうだ。光と闇に関してかなりの補正を得るが、他が死滅する。こちらに来るも来ないもよく考えて選ぶと良い。立ち止まり考えるのもたまには良いだろう」

私の場合は光と闇の極大補正、他属性の封印になるだろうと。この辺りは『何から進化したか』『誰の信仰者か』で変わるようですね。特に『誰の信仰者か』が大きいらしいですが。

世界の理《ことわり》、輪廻《りんね》から外れた者達を『外なるもの』と呼ぶらしいので、ステルーラ様の使いだけではなく、シグルドリーヴァ様やハーヴェンシス様の使いもいるんだとか。ただし、深淵にいるのはステルーラ様信仰の外なるもの……つまり、クトゥルフ神話系統のみっぽいです。

他は種族次第だが、私がどうなるかなど分からないので、その辺りのアドバイスは不可能……と。

「では余は戻る」

「ええ、またお願いします」

「うむ」

部屋の角から帰っていったので、一度ログアウトして夕食ですね。今日はお母さんがいたはず。

「お姉ちゃん！」

「はい」

「アプデが来ます」

「はい」

「三陣が来ます！」

「らしいね。人数は？」

「なんかもう、国内のみ無制限開放するらしい？」

「あ、そうなの？」

「それで、９月１日は朝６時から丸１日メンテするって」

「……メンテ終わりは２日？」

「うん、６時ぐらいに終わるっぽい。鯖《さば》替えるとかなんとか？　山本《やまもと》さんがまた暇つぶし放送するって」

「じゃあそこで説明あるかな」

山本さんは責任者で、技術者と言うより管理職なため、実はメンテ中が暇らしいんですよね。

……予定通りに進みさえすれば。まあ、個性豊かな開発陣を纏《まと》めるのは楽じゃないのですが。

ハードウェアの大型アプデですか。

「フレーバーテキスト的に書かれてた種族の基礎ステータス評価、あれをゲーム内で出すって書いてあったよ」

「へー……まあ、そんな細かくは表示されなさそうだけど」

「まあ、大雑把だろうね……」

話しながらのんびり食事を進めます。


あ、そうだ。

「そう言えば、蘇生薬ができそうだよ？」

「えっ、えっ？」

「明日1日生産して……寝る前に委託に出して、掲示板にレシピ公開かなぁ」

「って言うと《錬金》なの？」

「《調合》か《錬金》だってさ。特定住人で異人用リザレクトポーションの制作クエストが発生するようで、それが寝る前には終わりそうなの」

「クエストかー！　そう言えば掲示板で募集してたね。それで死んでくれか……」

「発生条件は多分魔女との接触かな？」

「お姉ちゃんが銀髪美少女といるって情報あったけどその子？」

「うん。世界的に有名な子で、不老の天才魔女だって。下手に手を出すと社会的に消されそうだから、気をつけた方が良いよ。レベルも高いし」

「不老……合法ロリとな⁉」

「実年齢は聞いてないから分からないけどね」

可愛いは正義。ついでに魔女の名前などについても教えておきます。

蘇生薬レシピを出す時に、掲示板にも載せましょうか。知らないと少々厄介なことになりそうな気がしなくもないので。

「いくらで売るの？　欲しいんだけど」

「値段は明日サルーテさんとかに相談する予定。材料的に安くはなるはず？」

「へー、できたら買いに行こ」

「まあ、お昼食べた後かな。ＰＴ以外には内緒ね？」

「お姉ちゃんが寝るまでね」

「学校の支度するのも忘れないようにね？　そろそろ始まるんだから、制服出しておきなさい」

「ふぇーい……楽園が後４日で終わる……」

「どうせすぐ冬休みでしょ」

お母さんの言う通り、そろそろ出してタグを外しておきますかね……。

食事を済ませ、お風呂など夜の行動も終えて、時間を見てログイン。

教会へ直行し、ソフィーさんを呼んでもらいます。

「ん、これが報酬……」

早速受け取った２枚の紙を確認します。

《《調合》の基本レシピ『異人用リザレクトポーション』を覚えました》

《《錬金》の基本レシピ『異人用リザレクトポーション』を覚えました》

〈クエスト：『異人用リザレクトポーションの開発研究』が完了しました〉

「確かに受け取りました。ありがとうございます」

「どう扱うかは任せる。なくさないように……」

「はい。家にでも置いておきます」

教会へ納品するホーリープニカを持ってくる際、ソフィーさん用の素材も持ってくるという依頼を受けました。しばらく教会に住み着く気満々ですね？　まあ、普通に買い取りなので問題ありませんが。侍女に周期を教えて用意してもらいましょうか。そうすれば私はこちらに物を運ぶだけですからね。

「ではプニカの納品時に他のも持ってきますね」

「よろしくお願い。んふー……いい夢見れそう」

「はい、おやすみなさい」

ご機嫌なソフィーさんを見送り、早速私は離宮へ。

ソフィーさんから受け取った2枚の紙には、『ソフィー・リリーホワイト・ソルシエールから、ムーンネザーライトの報酬として、アナスタシア・アトロポス・ネメセイアへ』や『作った主張はするが、それ以外の販売権などは全て譲渡』などと書かれていますね。

つまり簡単な契約書も兼ねているようで。作ったのは私。でも他は好きにしてということですね。

お仕事欲しい病を発症している侍女さんに、教会に持っていく分の素材集めのお願いをしておきます。今まで暇過ぎて死にそうだったのでしょう。……もう死んでますけど。更に、明日からリザレクトポーションの生産で使用する分も頼んでおきます。

多少早いですが、寝るとしましょう。

おやすみなさい。

05　日曜日

朝起きたらログイン……ではなく、今日は体を動かす日ですね。弛《ゆる》むのはごめんなので、適度に体を動かさねば……。

運動と食事などを済ませてから、午前中のログインです。

「おはようございます。材料は錬金部屋へ運び込んであります」

「ありがとうございます。足りなければまた言うので」

うちの侍女は優秀ですね！　雇った住人は畑などの収穫もやってくれるそうですが、雇う際に所有スキルで値段が違うらしいですよ。

鉱脈の採取は私のスキルレベル上げも兼ねているので、頼んでいませんが。先に鉱脈分の回収をしてから、生産に入ります。

クリスタルロータスとホーリープニカ、更に追憶の水で合成……と。

あら……魔石がないから魔力暴走はしないけど、難しいですね？　どうせ沢山作る予定なので、そのうち慣れるでしょう……。

［回復］　リザレクトポーション　レア：Ra　品質：B
HPを65％回復させた状態で対象を復活させる。掛けるだけで良い。
蘇生《そせい》を受けた対象は、リアルタイム10分間、蘇生を受けられない。
異人専用。

作るぞー。

Bですか。補正を考えると微妙ですね。素材の品質的にA級乗ってもいいと思うのですが……まあ、慣れればそのうちできますか。

《《錬金術》がレベル30になりました。スキルポイントを『2』入手》
《《錬金術》のアーツ【状態変化】を取得しました》

【状態変化】
アイテムの形を液体、固体、気体のどれかへ変化させる。

なるほど、状態変化。色々応用ができそうですね。ですが後回し。
リザレクトポーションを量産している感じ、品質は復活時のHPに影響があるようですね。恐らく品質CでHP50％蘇生です。品質1個でプラマイ5％なので、S+で100％蘇生ですかね？

未だにS級ができませんけど。

素材が全てA+で錬金部屋でできないとか、何かが足りないのでしょう。住人がくれるのはあくまで基本レシピですからね。

液体状のポーションにするのだから、最初から全て液体にすれば良い？　【状態変化】してみますか。

素材を錬成陣の上に置いて【状態変化】により液体化。錬成陣の上で3つの球体が浮いているので、そのまま【合成】を開始。

ふむ……こちらの方がスムーズですね。これで何回か試してみましょう。

素材の補充を頼みつつ、引き続き生産を続けます。

［回復］　ブレスポーション　レア：Ep　品質：S－
HPを100％回復させた状態で対象を復活させる。掛けるだけで良い。
蘇生を受けた対象は、リアルタイム10分間、蘇生を受けられない。
異人専用。

お？　名前が変わりましたね……。Breathではなく、Blessでしょうね。息ではなく祝福。ドラゴンのブレスは前者。このポーションは後者。

S－で100％回復ですか。回復数値が飛びましたが、以降別のが変わる……となると、蘇生受付時間が短縮されそうですね。

　リアル11時ですか……。

　エルツさん、ダンテルさん、サルーテさん、プリムラさん、ニフリートさんがログインしていますね。複数に連絡を取ります。

『おう、複数とはどうした？』

「少しトッププレイヤーの知恵が欲しくて、値段の相談がしたいのですが」

『珍しいねー？　ヤバイものできたー？』

　まあ、プリムラさんの言う通りある意味ヤバイものでしょうか？

「蘇生薬ができました。いくらで売ったものかな？　と思いまして」

『ほんとに⁉　姫様って言うと《錬金》かー！』

「《調合》系レシピもあるので、サルーテさんに教えておきますね」

『良いの⁉』

「1人だと制作間に合いませんからね。物が物だけに独占は面倒なので、1日先行しようかな……ぐらいですね」

　皆に妹に言った流れを説明しておき、アイテムの品質による変化と、SS《スクリーンショット》を2個見せておきます。リザレクトとブレスですね。

『『『『おぉ！　S級！』』』』

「素材を全てA＋で揃《そろ》えました。全て冥府品なのでそれが可能だったので」

『何使うの？』

「クリスタルロータス、ホーリープニカ、追憶の水です。レシピはこれです」

サルーテさんには素材を提供しましょう。名前が変わるのは品質だけが条件なのか気になります。

『じゃあ今から取り行くね！』

「家にいるので」

『おっけー』

『値段、値段ねぇ……3個の相場いくらだったか？』

『あの3個なら安いけど、基本的に品質C止まりだからねー……』

『制作難易度も問題でしょう？』

『そうだな。姫様《錬金》だとどんなもんだった？』

エルツさん、プリムラさん、ニフリートさんが話す中、ダンテルさんの問いに答えましょう。

「そう……ですね。魔石を使う物とは別方向でそれなりに難しいかと。後は《錬金術》の30アーツ使わないとS級届きませんでしたね。必須なのかコツなのかは不明ですが」

『ふぅむ……』

〈サルーテが訪問してきました〉

やってきたサルーテさんに、侍女達が持ってきた素材を持たせて送り出します。

『ちゃちゃっと作ってみますか』

『品質高い方が復活直後の事故死が減るな』

『だな。とは言え、現状で一気に半分持ってかれることはないだろうが……』

『アイテム使ってすぐ回復魔法が不要というのは、戦闘中だとでかいぞ？』

『それもそうか』

　ゲームではお決まりの、ようやく出てきた蘇生薬ですからね。実に悩みます。クールタイムがそれなりに長いので、１人２個か３個持っていれば良さそうです。むしろそれ以上死ぬようなら狩り場が合ってないでしょう。

　バーサク系スキルの保険にはなりますか。使い勝手が多少マシに……。

『おわーっ！　マジか。失敗した』

『難しい感じ？』

『１回見たし、大丈夫なはず。慣れがいるかも？』

《調合》系と《錬金》系は言うまでもなく、違う作り方ですからね。アドバイスは不可能です。頑張ってもらいましょう。

『あの変化の仕方で、この書き方なら……このタイミングかっ』

『素材と制作難易度的に……Ｃで６００ぐらいか？』

『お、えーまいー。素材品質による完成品への影響も調べたいけど、ひとまず後回しかな……』

『Ａ－か。Ｃ50だからＡ－75だな？　50ずつ上げて８５０か？』

エルツさんのを採用すると……S－で1000ですかね。

『A級とS級はもう少し上げても良いんじゃない？　作るの難しいでしょ？』

『品質による完成品への影響次第ではもっと上がるだろうな。その辺のルールまだはっきり分かってないからな……』

ニフリートさんの意見にも一理ありますね。ダンテルさんが言うように、素材の品質が完成品に影響するルールがまだ不明です。この辺りのルールを探るには、冥府素材、便利かもしれません。

「8割回復のAで1000に飛ばしますか？」

『【再現】がB級までだから、A－から上げて良いと思うよー？』

『ビープラから200ずつ上げる？　えーまいで1000。結構判定シビアだよ』

プリムラさんに言われて思い出しましたが、そんな【再現】ルールありましたね。【再現】使うと入手経験値も減るので、ほとんど使わないため忘れていました。

サルーテさんのだと……Cの600スタートでB＋までは50ずつ。A－から200上げて1000。A＋で1400ですね。

「S級はもっと上げますか？　全快復活ですが」

『上げて良いんじゃないかな？　400で1800ぐらい？』

「S＋で2600ですか。まだS－なので期待ですね。ではこの値段設定で、今日寝る前に委託に流しましょう」

『私も出しちゃって良いの？　数日遅らせても良いんだよ？』

「いえ、蘇生薬作り続けるのは今日だけで十分です。是非作ってください。今日だけでも稼ぎはかなり出るでしょうし、1人3本制限でもかけます」

『なるべく行き渡らせるのが目的ね。姫様が寝た後すぐ売れるだろうから、その後私が出そうかな。素材確保や制作時間考えると、それでも十分売れるはず』

『持ってて損がないアイテムだからな。リザポは常備薬』

リザポは常備薬。非常によく分かります。持ってて安心リザレクトポーション。

『そういや姫様。俺らはたまに生産者会議的なことしてるんだが、参加するか？』

「私ですか？　《料理》スキルも抜かれたので、トップというわけではありませんけど」

『トップ組であればトップである必要はないさ。俺らも分からんしな。扱ってる素材帯が重要でな、《料理》だけでなく《錬金》もあるだろ？』

「ああ、なるほど。素材は重要ですね」

『会議とか言ってもやってることお茶会だけどねー』

『情報共有と息抜きが主目的だからな。そんなもんだ』

『料理アイテム買って持ち寄って、新しい新作や庭自慢！』

『やるのは土日どっちかで、一週間前にやりたいやつが招集。勿論《もちろん》参加は強制じゃないからリアルの用事を優先してくれ。会場は招集者の家な』

「それで庭自慢ですか」

参加するのは特に問題ありませんね。料理も自作すればいいですし、断る理由が特にありませんので、参加させてもらいましょう。

『じゃあ次からは姫様も声かけるようにするか』

『『『『おっけー』』』』

『姫様、冥府に宝石ないかな？』

「宝石ですか？　固有のならムーンネザーライトがありますね」

『あるの？　是非とも売って欲しい』

『私も欲しいー！　杖《つえ》に使えるかな？』

「では侍女に頼んでおきましょうか」

ニフリートさんとプリムラさんですね。用途はアクセと魔法触媒でしょう。

『そっちは雇うわけじゃなくメイドさんか』

「お仕事欲しそうにしているので、素材言うと取ってきてくれるんですよね」

『さすが城。便利過ぎるな』

「S級はないので、そこは自分でやれってことでしょう。水以外はかなり用途が限られてますし、楽できる分そんなもんですね」

『ゲームだからしょうがないな。何でもかんでもできると、すぐやることなくなっちまうし』

まあ、そうなるとすぐ飽きが来るので仕方ありませんね。あれが足りない、これが足りない言っている間が一番楽しいという。

『そういや魔鉄だが、師匠に聞いてみたところダンジョンが主な産地だってよ』

「ダンジョンですか……」

『ダンジョンはマナ濃度が濃いらしい。ダンジョンだと魔鉄は簡単に採れるが、ダンジョンに潜って生きて帰ってくること自体が難しいんだと』

「では世界的にはレア鉱石扱いですか？」

『まあそうなるな。それなりの値段するようだぞ。加工にも魔力持ちの施設が必要だしな。ちなみに、魔力を持った金属の有名所がミスリルだそうだ。魔力持ちとしては、魔鉄は産出量が多いから一番安いってよ』

「濃度をもっと上げ……いや、私自身のレベルを上げれば大鉱脈からミスリルが出そう？」

『だな。俺も期待してる。大鉱脈は所有者依存だからな』

ベースレベルとスキルに依存して採れるものが変わるので、ミスリルが適正レベル帯になれば採れるはずですもんね。楽しみにしておきましょう。

「そう言えばサルーテさん」

『なにー？』

「今始まりの町に魔女が来てますよ」

『なにー⁉』

「蘇生薬と同時に情報出す予定ですが、先に教えておきますね」

こちらでも妹に言った魔女周りのことを教えておきます。

ソフィーさんは弟子を取りそうにないですけど、他の魔女も来てるっぽいんですよね。ルシアンナさんが『リリーホワイト様まで来ましたか』とか言ってましたし。

『ふぅん……名前がねぇ』

「見習いだと名には付かないらしいですよ」

『長いから……ではなく、見習いはまだ魔女じゃないからかな？　情報ありがとう。頑張ってみるよ』

値段も決めましたし、教えておきたいことも言いましたし、このぐらいですかね？

『そうだ、姫様ちゃんとイベントポイント交換したー？』

「あー、まだ残っていますね。これと言って特になくて」

『ハウジング系は？　お茶の苗木とかもあるよー？』

「え、そんなのあるんですか。茶葉は交換しましたけど」

『検索にハウジングでジャンル検索できるよー』

「ほんとだ……紅茶向け……緑茶向け……果実の苗木に薬草の種もですか」

『消滅するから余るならそれに使っちゃいなー』

「そうしましょうか。変質しないことを祈りましょう……」

『あー……土地が特殊だったねー。そこまでは分からないやー。あはははは』

とは言え、プリムラさんが言うこっちで残りを使ってしまうのは十分ありですね。

「畑の管理は可能ですか？」

「勿論。庭師がおりますので」

「ないよりはあった方が良いか……交換しておきますかね」

マナ濃度が濃いことを考えると……ＭＰ回復系素材でしょうね。

フレーバーテキストで判断するより、庭師に相談した方が早いですか。後でそうしましょう。

「では、お昼にしてきますね」

『おうよ』

通話を終わりにして、一度ログアウト。


そして妹とお昼を食べつつ、リザレクトポーションができたから家に来るように言っておきます。

お昼を終えてログインしたら、妹にリザポを売り、プリムラさんとニフリートさんにムーンネザーライトを販売。

ログイン中はひたすらリザレクトポーションを制作。

夕食後に後は寝るだけにしてから組合へ。そこで料理や御札、魔粘土の料金を回収してリザレクトポーションを並べます。

そしたら今度は掲示板に書き込み、今日の予定は無事完了。何事もなく、予定通りに一日が終わるのは平和な証。実に良いことです。

おやすみなさい。

■公式掲示板4

【環境破壊】総合生産雑談スレ　79【夢のあと】

1. 名無しの職人
ここは総合生産雑談スレです。
生産関係の雑談はこちら。
各生産スキル個別板もあるのでそちらもチェック。
前スレ：http://＊＊＊＊＊＊＊＊＊＊
鍛冶：http://＊＊＊＊＊＊＊＊＊＊
木工：http://＊＊＊＊＊＊＊＊＊＊
裁縫：http://＊＊＊＊＊＊＊＊＊＊
...etc
>>980 次スレよろしく！

562. 名無しの職人

姫様が銀髪碧眼《へきがん》のゴスロリ少女と歩いてら。
563. 名無しの職人
な、なんだってー！
564. 名無しの職人
プレイヤー？
565. 名無しの職人
いや、住人。名前は知らないから出ないけど、レベルくっそたけぇ。
566. 名無しの職人
今まで一番レベル高いのは……外なるものと冥府の不死者だったな？
567. 名無しの職人
いたわ。86レベとか英雄クラスでわろた。
568. 名無しの職人
は？　人類最強レベルでは？
569. 名無しの職人
間違いなく数人しかいないだろうレベルか？
570. 名無しの職人
うむ。恐らくかなり有名だろうし、見かけた住人がざわざわしてたから聞いてきた。
571. 名無しの職人

ほう、詳しく。

572. 名無しの職人

名前はソフィー・リリーホワイト・ソルシエールと言うらしい。

最年少ソルシエール到達者の超天才魔女だと。

573. 名無しの職人

魔女⁉　魔女いるのか⁉

574. 名無しの職人

やっぱ魔女もいるのか！

575. 名無しの職人

良い魔女か？　悪い魔女か？　町中歩いている以上良い魔女だな？

576. 名無しの職人

今出回っているポーションの大半が魔女達の功績らしい。良い魔女どころか、喧嘩《けんか》売っちゃダメなタイプだ。下手な貴族より上と思って良いっぽいぞ。

577. 名無しの職人

このゲームの魔女は生産系か？　確実に運営の罠《わな》だな？

578. 名無しの職人

あり得るな。魔女って人によってイメージ極端に違うだろうからな。

579. 名無しの職人

魔女は作品によってだいぶ扱い変わるからしゃあなし。

580. 名無しの職人
そしてそれを分かっててぶち込むのがここの運営である。外なるものとかな！

581. 名無しの職人
ほんとな。

582. 名無しの職人
聞いた住人に凄い気迫で知っておけって言われた。
魔女見習い《アプレンティスウィッチ》、魔女《ウィッチ》、大魔女《マギサ》、不老の魔女《ソルシエール》になるっぽい。

583. 名無しの職人
ん？　あの子不老ってこと？

584. 名無しの職人
一番後ろに名前が追加されるのか？　ソルシエールな以上、不老なんだろうな。

585. 名無しの職人
魔女は基本的に薬師らしいけど、大魔女《マギサ》辺りから戦闘能力を有している事が多いってさ。自分で素材取り行くために。

586. 名無しの職人
ああ、なるほど……。

587. 名無しの職人

魔女の秘薬と言う出回っている魔法薬の原型。魔女だけが作れる特別な薬があるから、国も気を使うのが魔女なんだってさ。
588. 名無しの職人
薬のプロフェッショナルか。そりゃ、手放したくないだろうよ。薬剤師だろ？
589. 名無しの職人
出回ってる魔法薬は魔女以外にも作れるようにした、所謂《いわゆる》劣化版なんだと。魔女の秘薬の効果はその比じゃないらしく、リアルの薬剤師どころじゃないな。
590. 名無しの職人
飲んだり掛けるだけで即座に傷治るしな……。さすが魔法の薬。
591. 名無しの職人
魔女の機嫌を損ねて国から出て行かれると、一瞬で無能認定されるらしいよ。
592. 名無しの職人
まあ分かるが、それだと魔女がわがまま放題じゃね？
593. 名無しの職人
魔女同士の監視体制らしい？　だから魔女が魔女を潰しにかかるって。
594. 名無しの職人
わお。魔女の恥ってか？
595. 名無しの職人

国もわがまま放題の魔女の対策は、位が上の魔女に泣きつくのが一番らしい。民に対してはちゃんとしてて、国の上層部にわがまま放題だと……。

596. 名無しの職人
あー……かなり厄介な状況になるのか。

597. 名無しの職人
って言うのを大魔女《マギサ》に聞いた。

598. 名無しの職人
は？

599. 名無しの職人
ローラ・グラシアン・マギサって人だった。中央広場にでかい召喚体で乗り込んできた人だったっぽいわ……。

600. 名無しの職人
あの女性か！

601. 名無しの職人
ちなみにソルシエールがわがまま放題すると、外なるものが出張ってくるらしいよ。

602. 名無しの職人
え、奴ら来んの？

603. 名無しの職人

不老の者は手に負えない可能性が高いから、外なるものが動くんだって……。

604. 名無しの職人

あー……結構フットワーク軽いよな……。

605. 名無しの職人

転移してくるからな！

606. 名無しの職人

魔女自体はかなり少ないから顔見知りで、踏み外すことはほぼ無いらしいけどね。

607. 名無しの職人

魔女のトップレベルが姫様といると……。

608. 名無しの職人

冥府素材に釣られてきたらしい。魔女が集まってくる可能性高いって。

609. 名無しの職人

なるほど。姫様が産地の最高権力者だろうからな。

821. アナスタシア

こんにちは。蘇生薬《そせいやく》のレシピが手に入ったので、公開します。スキルは《調合》系か《錬金》系。
現状分かっているのは、品質は復活時のＨＰに影響。ＳとＳ＋は不明。
値段はサルーテさん達と相談し、品質Ｃ６００からＢ＋まで50ずつ。

A－1000から2000ずつ。S－1800から400ずつとしました。
調合レシピ：http://＊＊＊＊＊＊＊＊＊
錬金レシピ：http://＊＊＊＊＊＊＊＊＊
完成品B＋：http://＊＊＊＊＊＊＊＊＊
完成品A＋：http://＊＊＊＊＊＊＊＊＊
完成品S－：http://＊＊＊＊＊＊＊＊＊
開放クエストSS：http://＊＊＊＊＊＊＊＊＊

822. 名無しの職人
うおおおおお！　蘇生薬！

823. 名無しの職人
A級どころかS級だとぉ!?

824. 名無しの職人
ふおおおおお！　蘇生薬公開！　太っ腹！

825. 名無しの職人
なるほど！　死んでくれってこれ用か！

826. アナスタシア
委託には今日1日作った物を、1人3個で流しておきました。
魔女については既に情報が出ていたので、私からは無しで。

827. 名無しの職人
買いに行かねば！
828. 名無しの職人
蘇生薬公開とか、よく独占しないなー。
829. アナスタシア
独占しようにも、蘇生薬ですからね……。ろくな事になりませんよ。それに一応、高品質素材の入手経路と言うアドバンテージがあるので、問題ありません。
830. サルーテ
姫様に相談された時に教えて貰《もら》って、お昼から作ってるけどS級できないんだけど。
831. アナスタシア
基本レシピから多少工夫が必要でしたが、できませんか？
832. サルーテ
多少工夫して、品質えーぷらは安定したんだけど、一向にS級ができない。これもしかしてなんか別の条件無い？
833. アナスタシア
はて、一番の違いと言えば……私は《錬金》と……種族の違いですかね？
834. 名無しの職人
生産者会議が始まった。

835. 名無しの職人
良いぞもっとやれ。
836. サルーテ
んー……さすがに品質で種族を持ってくるのは考えづらくない？　正直気になるのは、アイテム名まで変わってる事かな？
837. アナスタシア
Ｓ－でブレスポーションですね。
838. 名無しの職人
息吹ポーション。
839. 名無しの職人
気持ちは分かるが、多分スペル違うぞ。
840. アナスタシア
あ、祝福と言えば、私［ステルーラの祝福］って称号持ってますね。蘇生薬に神の加護は関係ありそうですよね。
841. サルーテ
マジか。そういう方向性だとすると……聖職者、魔女、加護持ち？
842. アナスタシア
それ以外はＡ＋までと考えると、Ｓ級はもっと値段上げて良さそうですね。

ソフィーさんにその辺り聞いてみますか……。

843. サルーテ

後は素材品質だけど、使う半分以上がC級ならB＋まで。B級ならA＋までな気がする。試行回数が少ないからあれだけど、明日からその方向で試してみる。

844. 名無しの職人

全て同じ作り方で、品質だけ変えていくか……。

845. 名無しの職人

使用素材の半分以上が○級かで上限が決まるってことか。

846. 名無しの職人

素材3つの生産品をC、B、Aで作ったらどうなるんだろうな……。

847. 名無しの職人

B＋までなんじゃね？　Aで上ができやすくなる……と思いきやCで打ち消されてB級上限とか。

848. 名無しの職人

あり得るなぁ……。B、B、AならA＋上限でできやすそうじゃね。

849. 名無しの職人

結局は試さにゃならんのだが、B級はともかく、A級はまだきついぞ……。

850. 名無しの職人

それなー。スキルレベル足りん。

851.アナスタシア
ソフィーさんに聞いてきましたが、サルーテさんので合ってそうです。聖職者、魔女、加護持ち。それぞれのランクにより変わるようですね。

魔女はS－。大魔女でS。ソルシエールでS＋。

祝福はS－。加護でS。慈愛でS＋。

司祭はS－。司教でS。大司教以上でS＋。

852.名無しの職人
聖職者が一番楽そうだなぁ……。

853.サルーテ
うへぇ……。私は魔女狙いかなぁ……。

854.アナスタシア
私は慈愛狙いでしょうか……まあ、これは蘇生薬の場合ですけど。

じゃあ私は寝ます。おやすみなさい。

855.サルーテ
おつかれー。

856.名無しの職人
おつおー。

857. 名無しの職人
　蘇生薬難しいんだけどぉ!?
858. 名無しの職人
　分かる。変わり始めが突然過ぎる。
859. サルーテ
　《錬金》でも結構難しいって姫様言ってたなー。
860. 名無しの職人
　《錬金》って【合成】ピカーのはい完成じゃないのか……。
861. 名無しの職人
　最初の方は割とそうだが、実はだんだん難しくなってくるぞ。
862. 名無しの職人
　まじかよ。何するんだあれ。
863. 名無しの職人
　魔力操作的なのをする。だから器用装備でやっても影響が無いんだよ《錬金》って。
864. 名無しの職人
　完全魔法判定なのか。
865. 名無しの職人
　今まで《錬金》は器用貧乏判定が拭えなかったが、《錬金》専用制作アイテムとかも見つかり始めてるから、考え直さないといかんな。
866. 名無しの職人
主に姫様の委託で……ですね。分かります。
867. 名無しの職人
魔粘土とても良いぞ？　もっと欲しいところだが、いつも少ないし作るの大変なんだろうか。値段もかなり高いけど。
868. アキリーナ
魔粘土……クレイジーアルケミスト……うっ頭が……。
869. 名無しの職人
おいどうした。
870. アキリーナ
あれ１個作る度にお姉ちゃんスリップダメージで死にかけてるからね……。部屋の隅で見てた私も割と持ってかれました。
871. 名無しの職人
クレイジーアルケミスト理解。
872. 名無しの職人
どうすれば姫様みたいな開拓者になれますか！
873. 名無しの職人

人間性を捧《ささ》げよ……。
874. 名無しの職人
まじかよ。
875. 名無しの職人
御札も気になるしなぁ。そこそこ追加されてたけど、まだまだ足りん。
876. 名無しの職人
《料理》はそこそこ増えたのに、《錬金》相変わらずよな。
877. 名無しの職人
他より必要素材が多いのが問題だし、品質C上限もな……。
878. 名無しの職人
姫様中々マニアックよな……。
879. 名無しの職人
プレイ種族にゾンビ選んでる人が普通だとでも?
880. 名無しの職人
……反論できねぇ!
881. 名無しの職人
本人めちゃくちゃ良い子だけどな。
882. 名無しの職人

モヒカンとも良好だが、苦手な人とかいるんだろうか……。

883. アキリーナ
お姉ちゃんが嫌いな人は大体他からも嫌われる・嫌われている。

884. 名無しの職人
なにそれ怖い。

885. 名無しの職人
姫様に睨《にら》まれると死ぬしか無いんだよ。マジ姫様。

886. 名無しの職人
まじ王女。

887. 名無しの職人
で、ほんとは？

888. アキリーナ
会話にならない人が大嫌いだから、他の人も好きな人はそういないだけ。勿論私も嫌いさ！

889. 名無しの職人
理解。俺もＮＧ。

890. 名無しの職人
そら……そうなるな。

891. 名無しの職人

あの時間を無駄にした感やべぇよな。

892. 名無しの職人

会話にならない人おる？　見たこと無いな……。

893. 名無しの職人

おう、友達に感謝しろ。まじやべぇのたまにいるからな。

894. 名無しの職人

キャッチボールであって、ドッジボールやバッティングセンターじゃねぇぞ……と。

895. 名無しの職人

一方通行のあの無力感マジパネェから。

896. 名無しの職人

そういう時に限って向こうは堂々としてるんだ。なんたって気づいてないから。

897. 名無しの職人

それな。それでこっちが不安になるパティーン。

898. 名無しの職人

……この話はやめよう。よろしくない。

899. 名無しの職人

そうだな。やめよう。楽しい生産の話をしよう！

900. ダンテル

シルクの目処が付いたから、シルクのドレスが作れるぞ。既に何人か予約があるが。
901. 名無しの職人
おぉ、シルクがついに来たか！
902. 名無しの職人
蚕おったん⁉
903. ダンテル
一応な。今それに関しては纏《まと》めてるところだ。後はアラクネの人からスパイダーシルクの取引が成立した。
904. 名無しの職人
ああ、なるほど。スパイダーシルクなんてのもありましたね。
905. 名無しの職人
始まりの町の西の蜘蛛《くも》じゃ採れないんだよなー。
906. 名無しの職人
さすがに10レベ台じゃな。

06　夏休み明け　メンテ日

……メンテ前ですか。少しゲームしましょうかね。

軽く生産でもしましょうか。

「ふんふんふーん……ん？　このアイコンは……通信ロス？」

〈接続が不安定です〉

「アイコンだけでなく、ログに出るレベルですか？　はて、どうしたんでしょう」

〈サーバーとの接続が切れました。タイトルへ戻ります〉

「落ちた……」

1回終了させ、LANを確認……刺さってますよね……おんや？　ルーターですかね……。あ、接続なしになった。仕方ない、起きますか。

「やあ、おはよう」

「おはよう。お父さん、線生きてる？」

「いや、今死んだね」

部屋の端っこに置いてあるルーターを、お父さんと確認します。

ランプはついていますが……光ってないといけない部分が消えてますね。

「再起動するか」

お父さんがポチッとボタンを押すと、全てのランプが消えて……しばらくしてランプが……ランプが？

「つかないね？」

「あっれ？　立ち上がらない？」

薄っすら香る焦げた臭い。静かに天を目指す煙……。

「oh! shit!」

お父さんがコンセントを抜きにかかったので、水……消火器……水ですかね。ルーターならラーメン用の器に沈めれば良いでしょう。まさか燃えるとは。

持ってきたら幸い火は出ていなかったので、死んでしまったルーターをお父さんと眺めます。

「ゲームは夕方まで諦めてくれ」

「今日は1日メンテだから、ゲーム的には問題ないかな」

「あれ……このルーターだと古いから、契約のフル性能発揮できないから変えようと思ってたような……？　新しいのも買った覚えがないねぇ」

「ボケるには早いよ？」

「ＨＡＨＡＨＡ、最新買ってこよう」

朝からお父さんとバタバタしたものの、多少煙が出ただけで良かったです。

ルーターが死んでいる以上詰んでいるので、大人しく学校の準備をしましょう。

「忘れ物はない？」

「忘れるものがない！」

「そう。気をつけて行くように」

「行ってきます」

「てきまー」

今日は出席取って始業式だけですから、持っていくものは特にないですからね。

お母さんに見送られ、妹と学校へ向かいます。

「楽園とルーターが滅びた……」

「次の楽園は冬休みかな」

約１ヵ月ぶりの学校へ到着。妹と別れて教室へ。

「あ、おはよー」

「おはようございます、一ノ宮《いちのみや》さん」

ゲーム内ラピスな委員長ですね。

周囲に意識を向けると、結構ＦＬＦＯの話をしているようです。

「武器、鋼で買ったよ」

「買えたのですね。それで20台は持つので、次は防具ですね」

「服と革、どっちが良いのかな？」

「近接アタッカーなら革が安定ですね。それぞれの特性としては……」

服は魔法防御が高めで、物理防御は空気。移動時の騒音がほぼない。純魔など、後衛職はこれが多い。

革はバランス型で、物理防御寄り。鎧《よろい》よりは魔法防御がある……ぐらいの数値。移動時の騒音はそこそこ。迷ったら革装備。

鎧は物理防御が高めで、魔法防御は空気。移動時がうるさい。主にタンクがこれ。

「琴姉さんのあのドレスは？」

「私のは《軽装》ですね。素材が特殊で物理防御も魔法防御もありますが、《重装》レベルの重量があるんですよ、あれ」

「そうなの？」

「金属糸でできているらしく、かなり重いですよ。音は《軽装》レベルですね。種族特性と装備重量が合わさって、移動速度があのザマです」

多分、アンデッドじゃないと普通の騎乗ペットが潰れるんですよね。かなり良い馬を買うことになったはずです。

「前に出る必要があるから、服より革の方が良いんだね？」

「ですね。全部避けるつもりなら服でも良いのですが」

「うん、無理。革なら今のまま強化してけば良いかな……」

虫系の装甲とかが革の代わりになったり、金属の代用品になったりするらしいですね。問題があるとすれば、生体防具は弱点がそのままなのが辛いところでしょうか。何かしら一手間加えれば弱点を消せるかもしれませんが、そう簡単にはいかないでしょうし。逆に言えば耐性があるならそのまま引き継げるわけですけど。

まあ、私は基本取り込んでしまうのであれですが。装備を変えるつもりはありませんからね……。

委員長と話している間にぞろぞろと人が増えていき、智大《ともひろ》と傑《すぐる》もやってきました。

「おっす」

「いよーう」

「「おはよう」」

「今日は早く帰ってもメンテでできねぇんだよなぁ」

「生放送見るんだけどな」

山本さんが生放送するって言ってましたね。まあ、家に帰ってもルーターが死んでいるので、ボードで見るしかないんですけど。

「今日の朝少し生産してたら、ルーターが煙出しながら死んだの」

「マジか。タイミングが良いと言うべきなのか？」

「まあ……良いんじゃないか？」

「大丈夫だったの？」

「うん、スプリンクラーが動かなくてよかった……」

スプリンクラーに動かれて水浸しにされたら、目も当てられませんからね……。

「お前ん家なら火出ても、最悪コード持ってプール放り込めば何とかなるだろ」

「小さい消火器置いてあるから、多分そっち使うけどね……」

「それはそれで部屋が死ぬだろうが……そう言えば今年プール入りに行ってねぇな」

「そりゃゲーム三昧だったからな」

毎年ちょいちょいうちのプールで遊んでいましたからね。とは言え、遊ぶだけならＦＬＦＯで南にでも行けばいい話です。今年はキャンプイベントなんかもありましたからね……。

私はどちらかと言うと運動やトレーニングのためにプールに入るので、目的が違いますね。

「おらー座れー」

チャイムが鳴り、先生がやってきたのでパタパタ席に着きます。

「おう、全員いるな。今日は始業式やって終わりだが、教室で行うぞ。移動するの面倒だからな！ついに我が校にも実装された」

ん？　ただの黒板型ディスプレイですが、機能面で変わったのでしょうか。

「まあ見ての通り、見かけ上は変化ないんだけどな。教師に嬉《うれ》しい機能が増えた。つまり俺が楽になった！　実に良いことだ。とりあえずトイレ行く奴は今行ってこい。あんま騒ぐなよ」

さっさと話が終わり、一時的に自由時間に。

時間になったら席に戻り、校長達がディスプレイに映されました。放送室ですね。席についた状態なのでかなり楽です。寝落ち率も上がりそうですけど。まあ、わざわざ全校生徒で集まる必要もありませんからね……。

しばらく話を聞いて、終わりです。

「うん、楽でいいな。さてこの後だが、2年のお前達に言うことは特にない。1年は夏休み以降の行事の説明をされてるだろうが、いらんよな？」

「文化祭とかテストっしょ？」

「だな」

「『うん、いらん』」

「じゃあ解散まで自由時間だ。他は説明してる可能性もあるから静かにな」

「『ういー』」

この学校は文化祭しかありません。今年は何するんでしょうかね。

「お、始まったのか。見るか。えっと……」

先生の操作により、黒板型ディスプレイに比率の変な山本さんが映されました。

「あれ、なんかミスったか？」

『やあ皆！　偉い人だよ！　あれ、比率が変だな……んー？　ああ、こいつのせいか。……よし』

「そっちの問題か」

映像が正常になりましたね。

ゲームやってるだろう人達がぞろぞろと前に集まり始めました。智大と傑は言うまでもなく、委員長も。私も行きましょうかね。

「おー……後ろがバタバタしてんな」

「今回はお引っ越しレベルらしいからなぁ」

『改めて今日の長時間メンテの説明をしましょう。まあ後ろを見ての通り、サーバー機器は勿論、開発環境にも手が入るためです。正直１日で終わるのを褒めて欲しいぐらい』

『うおおおおお！　すげえええええ！　本物だあああああ！』

『あん？　……なんでいきなりバラしてんだよ！　スペック書いてある紙付いてんだろ！』

『見てこれ！　１個30万超えＧＰＵの３Ｗａｙだよ山本さん！』

『マジで？』

『んふふふふ……これでフリーズに怯《おび》える日々とはおさらばよ！』

テンション……高いですね……。３Ｗａｙとか気持ちはちょっと分かりますけど。

「30万超えじーぴーゆーの３うぇい？」

「１個30万を超えるグラフィックボードが３個積まれてリンクされてるってことだな。つまりあの中にはＧＰＵだけで90万超えが入っているわけだ……」

「ＧＰＵがグラフィックボード？」

「グラフィックボード、ビデオカードとも言われるな。えっと、琴音。なんの略だっけか？」

「グラフィックス・プロセッシング・ユニットでＧＰＵ。画像処理を専門に行うための拡張パーツだね」

「えっと……ＣＰＵとは違うんだよね？」

「セントラル・プロセッシング・ユニットでＣＰＵ。日本語で言うなら中央処理装置かな。ＣＰＵはメインとして複雑な処理。ＧＰＵはサブとして映像周りの処理を分担して行うから、別物だね」

人が一筆ずつ丁寧に絵を描いていくような処理をするのがＣＰＵ。それに比べＧＰＵは判子でしょうか。ＣＰＵの方が1個に対する処理は早いけど、あくまで1個でしかない。沢山必要な画像という面においては、ＧＰＵが複数同時に行った方が早くなる。

「もっと簡単に言うなら……脳《のう》がＣＰＵで体がＧＰＵですね。ＣＰＵが五感を処理して、ＧＰＵに体《からだ》に命令を送り、体が動く」

「なんとなく分かった」

あれもやってこれもやってと、優先順位的な複雑な動きをＧＰＵは得意としません。それはＣＰＵのお仕事です。逆にこの計算しといてと、四則演算の束の処理を得意とするのがＧＰＵです。

「まあなんにしても、めちゃくちゃ高い高性能ＧＰＵが、３枚積まれていることにテンションが上がっているわけですね」

生放送を見ながら時間を潰していると、解散時間がやってきました。

「よし、じゃあ帰って良いぞ」

「ここで生放送見ていくか」

「いや、帰って見ろよ」

先生の頑張り虚しく、結局見ていく人が残りました。勿論私達も見ていきます。

「お前さん達まで残るのか……」

「今日の朝生産してたらルーター壊れたんですよ。帰っても少々不便なので……」

「そりゃまた……メンテ中で良かったな」

「お姉ちゃん帰るー？」

「ここで見てくよ？」

「おー、分かった」

妹が愛奈《あいな》さんと華蓮《かれん》さんを連れてきて合流です。公式掲示板もメンテ中なので、皆で見れるのは丁度いいですね。

「……月代《つきしろ》さんも一ノ宮さんもこのゲームしてんの？」

「割とがっつりしていますね」

「この間鋼武器買った」

「マジか……」

同じくゲームをしているだろうクラスメイトの男子が驚いていますね。

結構ゲームしてなさそうなイメージと言われるのですが、妹があれなのでむしろ結構していま す。年末とか家族でパーティーゲームしたりしますし、ゲームって結構頭使いますからね。脳死プレイも可能ですが、ゲームに限らず頭を使ってやり込まないことには、上達などしません。

「俺はゲーム内で遭遇したな……」

「先生抜け駆けかー！」

「いや、始まりの町の立像でばったりとな」

「一度だけ会いましたね」

同じゲームをしている以上、遭遇する可能性は0ではありませんからね。他にも沢山いるので、気づかずにすれ違っている可能性もあります。

「そうだ。お姉ちゃんブレスポーション売って？」

「S級？」

「うん。1人1個は持っておきたいところ」

「あ、こっちにも頼む」

蘇生薬《そせいやく》はあの後当然のように検証されたようです。

自分には使用できず、使用してもらう必要がある。掛ける必要があり、《投擲《とうてき》》の【ポーションピッチ】がないと投げても無駄。スキルがあれば投げが可。

起き上がるタイミングは任意だが、タイムアップがあり、その場合強制復活。復活を選んだ瞬間から当たり判定が発生するため、ちゃんとタイミングを見て復活する必要があるとか。無敵時間なし。そしてなんと、不死者にも使用できる。まあ、不死者使用不可と書いてないですからね。

ソフィーさんによると、『異人の冥府への強制転移を中断させる』ための薬なので、種族は関係ないとか。その結果なのか蘇生薬による復活は『セーフだから！　死んでないよ！』と言い張るのか、デスペナはないようですね。

まあ、再使用時間がリアル10分もあるので、床ペロされまくると堪りませんが。アクションゲームで10分とか致命的というレベルではありませんからね。

復活するまで移動ができませんし、死亡時は経験値入りませんので。当然戦ってないのでスキルレベルも上がらない。

基本的にはそもそも死ぬな……という方向性なのでしょう。ないよりあった方が良いか……というぐらいの位置付けですね。1回までは死ぬのが許されるだけまだマシという状態。主にボス用の保険アイテムですね。10分も寝てたら戦闘終わるわ……っていう。勝利か全滅かは残った人次第でしょうけど。むしろ勝っちゃうといらない子感が漂うのですが。本人も最高に気まずい。

『床、美味いか？』

『床うめぇ！』

『しばき倒すぞ』

トップ組は当然復活直後の事故死と、復活直後の回復行動をなくすため、ＨＰ１００％復活のＳ級を欲すると。

妹のところと智大のところで10個ですか。結局Ｓ級は値段が倍ぐらいになりそうで、美味しいですね。

『さあ、お昼も過ぎて人も増えたからアプデ情報に入ろうか』

「お、始まるか」

『最大の変化は国内無制限開放だ。おめでとう、歓迎しよう。新型VR機器は随時出荷するけれど、一部機能が制限されるが旧型でも可能だ。勿論旧型でやっていて、新型が買えたから移行することも可能さ』

『しばらく一陣二陣はできれば他の町にいて欲しいかな？　狩り場に関してはあのインスタンスがあるから心配はしていない。最大の問題は町のサイズだ。町をでかくするか、チャンネル分けするか……ここはまだ様子見させてもらう』

『続いて……種族の基礎ステータス評価を表示する予定だ。ＳＳＳからＳ、ＡからＦの９段階だが、同じ評価でも幅があるので、これはあくまで目安にして欲しい。項目はＨＰ、ＭＰ、筋力、器用、体力、敏捷《びんしょう》、知力、精神、耐性、特殊、体格の11項目。基準は人間だ。耐性、特殊はＦで体格が小。それ以外がＤになる』

『それとリビルドのルールを変える。ポイント割り振りではなく、同じジャンルのスキル入れ替え制。生産スキルと戦闘スキルのトレードが不可だ。不要なスキルはスキルポイントへ変換される。まあ要するに、リビルド時に上がりづらいスキルにレベルを注ぎ込むのができなくなった』

「なるほど、さすがに封じられましたか。とは言え、フルリビルドなんてそうそうできませんが」

「お姉ちゃんやった？」

「一番最初に《鑑定》に注いだね。それ以降リビルド来てない」

「なるほど、確かにあれは上がらない……」

『後はー……お待ちかねの装備にアバタータブを追加する。見た目と演出だけ変更され、データは適用されない。武器種は合わせるように』
「お、ついに来たか」
「ネタ武器見た目マンが現れるな」
弱くなったけど見た目が好き……な武器や防具の、見た目だけ維持できるシステムですね。ゲームではよくあります。むしろこのシステムがないと、誰も彼も同じ格好マンが増えるので、見てて
面白くないんですよね。
このゲーム、元々見た目はアレンジ制作が可能なので、需要はあるでしょう。レア装備を隠す
……ためにも使用できますか。
「おし、終わったな。帰れー」
不具合修正なんかも聞き終えると先生に追い出されたので、帰ることにします。お腹も空きまし
たからね。
食事を済ませ、丁度いいのでプールで体を動かして時間を潰します。
夕方にはお母さんとお父さんが帰ってきて、ルーターも新しいのがセットされました。
久しぶりにゲームしない日を過ごした気がしますね。何だかんだ夏休み丸々ゲームしてましたし。

07　メンテ明け

「ゲームだー！」

翌日、学校から帰ってきて部屋に突撃していく妹を見送りつつ、着替えてからメンテの終わったゲームにログインします。

夏休みの最後にたっぷりスキル上げをしておきました。そこそこ育ちましたが、《古今無双・一刀流》が全然上がりませんね……。

《空間認識能力拡張》も上がりませんが、パッシブなだけまだマシです。

《細剣》の30で【タフトクロノ】を覚えました。突き刺した瞬間に9回の追撃が入るので、6連突きの【レーゲンレイト】より瞬間火力は上ですね。クールタイムが長めなので、完全上位互換とするには悩ましい回転率ですが。まあ、近接アーツの出番は少ないので、あまり気にしなくても良いでしょう。

《魔法触媒》の25で【マジックバリア】を覚え、魔法攻撃を防ぐ盾の展開が可能になりましたが、私には不要ですね。それより2次スキルが間近です。

《高等魔法技能》は相変わらず生活魔法が強化されているので、気にしないことにしましょう。

《影魔法》が10を超え【シャドウダイブ】を覚えました。影に潜んでやり過ごしたりできますが、範囲攻撃の効果範囲にいれば巻き込まれます。しかもダイブ中は光の被ダメージが増えるので、【ライトバースト】とかに注意ですね。

そしてちょっと面白いのは《死霊秘法》でしょうか。40で覚える【ネクロダンサー】ですが、即座に敵の死体を使役します。ＰＴにカウントされませんが、一定時間後に動かなくなります。そして当然のように消えるドロップ。要するに使い捨ての肉盾ですね。面白い＝使うではないとだけ言っておきます。キャパ増やしにも使えませんし。

というのが夏休み中の成果です。

さて、すぐ確認できるアプデ体験と言えば……始まりの町で人混みに飲まれることでしょうが、そんな趣味はありません。装備のアバタータブも現状使いませんし……種族評価ですかね。

幽世の王女《アーウェルサプリンセス》
ＨＰ：Ａ　ＭＰ：Ａ
筋力：Ｅ　器用：Ｃ　体力：Ｂ　敏捷《びんしょう》：Ｆ／Ｆ　知力：Ｂ　精神：Ｃ
耐性：Ａ　特殊：Ａ　体格：Ｓｍａ

ふぅむ……？　人間はＤとか言ってましたね。敏捷が２つあるのは？

あ、ヘルプが追加されていますね。

※種族評価とは
上から『SSS、SS、S、A、B、C、D、E、F』の9段階で表示されます。
ただし、同じ評価でも数値まで同じとは限りません。
項目は以下の通りです。
HP：HPが0になると行動不能になります。
MP：MPが足りないと特殊な行動……アーツや魔法が使用できなくなります。
筋力：STRとも言われ、主に物理攻撃力に影響します。
器用：DEXとも言われ、生産品の完成度、弓の命中などに影響します。
体力：VITとも言われ、主に最大HPと物理防御に影響します。
敏捷：AGIとも言われ、主に行動速度に影響します。地上適性／空中適性で表示。
知力：INTとも言われ、主に魔法攻撃力に影響します。
精神：SPRとも言われ、主に最大MPと魔法防御力に影響します。
耐性：状態異常耐性などの総合評価です。
特殊：主に人外種用の項目です。これが高いほど癖が強いと思って構いません。
体格：体のサイズです。人間サイズは小のSmaで表示されます。
極小：Min、小：Sma、中：Med、大：Lar、特大：Max

基準となる人間は、耐性と特殊がF、サイズがSma。他はDとなります。

肉体性能で見れば人は弱いと言えるでしょう。しかし人は武器や技術、戦術を用いて生きてきました。遺憾なく人の取り柄を発揮しましょう。


ここに来てようやくステータスの内容公開ですか。とは言え、これ最低限ですよね。HPと体力、MPと精神の評価が一致してない。ここの運営がヘルプごときで全部出すわけありませんよね……。そんな優しさをここの運営に期待はしていませんとも。

とりあえず地上適性と空中適性というのは分かりました。そしてどっちも死んでいると。基本的にはどちらかがそこそこあるのでしょうね。

人外種だけあって、人間よりは遥《はる》かに上と言っても良さそうです。

問題と言うか……気になるところと言うか……。

幽世の王女《アーウェルサプリンセス》って、現状ベースレベルが足りないので制限掛かっていますが、本来終盤種族ですよね？　にもかかわらず、基礎ステータスと言える項目がAに届いていない。何に制限掛かっているのかも教えてくれないので、制限掛かっている状態を表示しているとは考えづらいですし……。

王女から女王に進化したとしてA？　もしかしてS以上って外なるもの専用に近いのでは……？

……まあ、良いか。ステータス評価は進化先選ぶ時の目安、弱点強化の目安になるぐらいでしょうか。Cの器用と精神は強化を考えても良いですが、筋力と敏捷はもはや捨てますよね。

装備は守護シリーズがある以上、変える選択肢はありませんし……残りはアクセとスキルによる強化です。装備枠とスキルポイントには限りがあるので、ここまで差があると強化しようとするだけ無駄でしょう。長所を活かして特化した方が有意義な気がします。

アクセ……ハウジング……お金……うっ頭がっ。とは言え、そろそろ空いてるアクセ枠を埋めたいですね。キッチンも魅力的ですが、アタッカーなので火力のために装備を優先するべきか。

鉱脈側にある畑は庭師さんと話してMP回復系の魔草と、紅茶向けの苗木をイベントのポイントと交換して植えました。

雑草を毟《むし》ってきて清浄の土と混ぜ肥料に。その肥料と腐葉土を更に混ぜ高級肥料に。それを庭師さんに渡して後はお任せです。水は追憶の水がありますからね。

MPポーションの素材である月花草が高品質で採取できるようになり、その1つ上、ハイMPポーションの素材である月見草も高品質で採れます。

［素材］　月花草　レア：No　品質：A
魔力を多く含んだ魔草。条件さえ合えば沢山生える。
［素材］　月見草　レア：No　品質：A
魔力を多く含んだ魔草。月が出ると同時に花開き、月の力を蓄える。

実に良いことですね。自分では使わないんですけども……。

苗木はさすがにまだ育っていません。早く大きくなって欲しいものです。

〈アキリーナが訪問してきました〉
〈トモが訪問してきました〉

ん、ああ。ブレスポーションでしたね。

「お姉ちゃん蘇生薬《そせいやく》ー！」
「おーす。売ってくれー」
「1個2800」
「あいー」
「ほいよ」

トレードしてさっさと狩りに向かう2人を見送り、私も始まりの町……は止めて、北のフェルフォージで良いですかね。商業組合へ向かいましょう。

委託の売り上げを回収して、そのまま預けておきます。……換金効率はジャーキーが最強でしょうか。プレイヤーとしては蘇生薬を量産して出回らせたいですが、冥府募金を考えると是非とも死んで欲しいですね。

あ、これから嫌でも増えますか。無限開放来ましたし。ん……三陣？　人が増える……消耗品……今が稼ぎ時か。お肉の素材ランクを落として、ジャーキー作りましょうかね？　どうせ新規の料理人はアーツの関係上、すぐにジャーキーなどは作れませんし。

錬金は……んー……三陣向けを作る気になりませんね。品質Aの月花草を使うのは勿体《もったい》ないですし、自分で使うよりサルーテさんに売ります。

うん、特にありませんね。生産は夕食後の寝る前にするとしましょう。

せっかくフェルフォージに来たので、狩りついでに掘り掘りしていきますか。夏休み終わってしまいましたし、帰ってきたら狩りして、寝る前に生産ちょろっとして……ですかね。

さあ、やりますか。

■公式掲示板5

【人外言えど】人外総合スレ　53【種族沢山】

1. 人外の冒険者
ここは人外種族に関する総合スレです。
人外種全般に関する事はここか、下のリンクから選ぶが良い！
前スレ：http://＊＊＊＊＊＊＊＊＊＊
人類総合：http://＊＊＊＊＊＊＊＊＊＊
人外総合：http://＊＊＊＊＊＊＊＊＊＊
人間：http://＊＊＊＊＊＊＊＊＊＊
獣人：http://＊＊＊＊＊＊＊＊＊＊
…
妖精（フェイ）：http://＊＊＊＊＊＊＊＊＊＊
亜人系：http://＊＊＊＊＊＊＊＊＊＊
粘液系：http://＊＊＊＊＊＊＊＊＊＊

…etc

>>940 次スレよろしくぅ！

654. 人外の冒険者
人外系、マジで基礎ステータス偏ってんなぁ。

655. 人外の冒険者
人間ってか人類がオールDだよな。他種族は誤差の範囲かね。

656. 人外の冒険者
まあ人類ぐらいならそんな変わらんじゃろ。

657. 人外の冒険者
Dでも上の方がマシンナリーで、人間がギリギリDの可能性。

658. 人外の冒険者
ありえなくもないか。

659. 人類の冒険者
ところで、無効系スキルの効果検証は進んだか？

660. 人外の冒険者
《物理無効》とかだろ？　全然だな。情報が足りなすぎる。

661. 人外の冒険者

そもそもレベル上限とか上位スキルの有無もまだ謎だしな……。

662. 人類の冒険者
　そうかー。

663. 人類の冒険者
　それなんだが、ベテランの冒険者に聞いたら教えてくれたぞ？

664. 人類の冒険者
　マジかよ詳しく。

665. 人外の冒険者
　マジかよなんだって？

666. 人類の冒険者
《物理無効》の上位は《高位物理無効》だってさ。それで肝心の効果だが……。
《物理無効》が1次スキルまで無効化。
《高位物理無効》が2次スキルまでの無効化。
ちなみに《魔法無効》《高位魔法無効》もあるらしい。この場合は……。
《魔法無効》が〝Ⅱが付いてない1次魔法〟を無効化。
《高位魔法無効》が〝Ⅲが付いてない2次までの魔法〟を無効化。
高位無効系持ってるやつらはその時点でベテランが対処することになると。

667. 人外の冒険者

あれ、スキルレベルは？
668. 人外の冒険者
ああ、そういう事か……なるほどな。

つまり《物理無効》がＳＬｖ20だとしたら、《刀剣》５と10で覚える【スラッシュ】と【ディスタンスソード】まで無効化すると。
669. 人類の冒険者
そうそう。逆に言えば持ってるのが２次の《片手剣》だと関係ない。

ただし、《片手剣》のえー……35か？　で強化された【スラッシュⅡ】を覚えないと【スラッシュ】は無効化され、通常攻撃扱いになる。
670. 人外の冒険者
相手が《高位物理無効》持ってるとＳＬｖ１だろうが、１次スキルの時点で詰み？
671. 人類の冒険者
いえす。詰み。でも《高位物理無効》持ちがそもそも上位の敵……大体レベル60以上とからしいけどな。この辺りじゃ普通いないって。
672. 人外の冒険者
つまり……だ。
《物理無効》
対象の〝１次スキルによる攻撃〟が、こちらのスキルレベルの半分以下の場合、被物理ダメージを無効化する。
ってことで良いのか？
673. 人類の冒険者
まあ、そうなるかな。《高位物理無効》だと〝2次スキルでSLvまで〟になる。
674. 人外の冒険者
3次スキルあるんだよな？　そっちの無効はいないのか？
675. 人類の冒険者
そもそも物理が効かない、粘液系の上位系がいるらしい？
《物理完全無効》だとかなんとか。
676. 人外の冒険者
いるんかい。粘液系となると、スライム系統か。まあ……うん。あいつら魔法に弱いからな……。
677. 人外の冒険者
スライム系も不人気でしたね。
678. 人外の冒険者
姫様につられてゾンビを選ぶも、挫折する後続が後を絶たないらしい。
679. 人外の冒険者
そりゃおめぇ、ゾンビの基礎ステータス見たら察せるやろ。

680. 人外の冒険者
　あんなん草生え散らかすわ。
681. 人類の冒険者
人間
筋力：D　器用：D　体力：D　敏捷《びんしょう》：D／F　知力：D　精神：D
ゾンビ
筋力：C　器用：E　体力：B　敏捷：F／F　知力：F　精神：F
682. 人類の冒険者
　ほん草。
683. 人類の冒険者
　スライムも似たようなもんだから……。
684. 人外の冒険者
最初ひっどいの後々強くなりそうだけど、その最初が苦行すぎてヤバい。
685. 人外の冒険者
狼《おおかみ》は良いぞぉ？
686. 人類の冒険者
　ウルフ強いよな。器用低いけど。
筋力：D　器用：F　体力：D　敏捷：B／F　知力：D　精神：E

687. 人類の冒険者
器用はまあ、手があれだからしゃあなし。

688. 人類の冒険者
ウルフ系の筋力ってどこに影響出るん？

689. 人外の冒険者
顎の力。あとは脚力もだな。ジャンプ力とかに影響出てる。

690. 人類の冒険者
なるほどなー。

691. 人類の冒険者
基礎ステータスで言えば、天使と悪魔強ない？

692. 人外の冒険者
強い。あいつらは純粋に強い。人気トップクラスなだけはある。
天使
筋力：D　器用：D　体力：B　敏捷：D／D　知力：D　精神：A
悪魔
筋力：B　器用：D　体力：D　敏捷：D／D　知力：A　精神：D

693. 人外の冒険者
まあ、人外スキーからすると物足りない種族でもあるが。

694.フェアエレン
　エクレーシーはこれだよ！
筋力：F　器用：D　体力：F　敏捷：E／A　知力：A　精神：B
695.人外の冒険者
　おー、フェアエレンさんというと雷系妖精か。完全に空戦特化型か？
696.人類の冒険者
　空戦魔導士ですね、分かります。
697.フェアエレン
　ちょっと、頭冷やそうか。
698.人類の冒険者
　ヒエッ……。
699.人外の冒険者
　褒　め　て。
キャバリシー
筋力：B　器用：D　体力：C　敏捷：E／D　知力：D　精神：C
700.フェアエレン
　ちょ、なにそれっ！
701.人外の冒険者

おぉ！　新規か!?　褒めて遣わす！

702. 人外の冒険者
シーって事は妖精系だな？　めっちゃ物理寄りだけど……。

703. 人類の冒険者
もしかしてキャバリア？　タンク系？

704. 人外の冒険者
いえす！　妖精騎士っぽくなった！

705. フェアエレン
マジかー。まあ、魔法系のステータスであって、できないわけじゃないからなぁ。

706. 人外の冒険者
なに、重装備妖精？

707. 人外の冒険者
重装タワシ妖精！

708. 人類の冒険者
ガッチガチだった。

08　土曜日　9月第一

　朝起きたら時間まで蘇生薬《そせいやく》やジャーキーなど生産をし、時間になったらログアウトして朝の準備をする。顔を洗ったり歯磨きしたり、髪を梳《と》かしたりですね。そしたら朝ご飯を済ませ、着替えて学校……が基本行動ですが、今日は土曜日なのでご飯を済ませたらログインですね。

　んー……冥府募金のぼろ小屋をアップグレードしますか。ぼろ小屋から小屋にして、更に小屋から鳥居と賽銭箱《さいせんばこ》にします。神社みたいな見た目になるようですね。

　ポチッとな。

「姫様これ、なんか効果あんの？」

「え、効果？　何もありませんけど。ただの見た目オブジェクトです」

「見てくれよ！　君達の募金のおかげでこんなに豪華になったんだぜ！」

「性格悪いぞ運営！」

　ええ、文句は運営に言ってくださいね。酷い話だなぁ。ハハハハ。

「んふっ……ハリボテだこの神社！　完全に舞台セットですね……」

「うわっ……建物部分ペラッペラじゃねぇか！」

「せこいぞ運営！」

「まだ2個上ですからね……こんなもんですか。さて、閻魔《えんま》様の法廷でもアップグレードしましょうかね……ではこれで」

「またのー」

異人達の死に戻り場所の煽《あお》り度をアップグレードしたので、今度は住人達の施設を強化しましょう。丁度死に戻ってこちらにいた他のプレイヤー達に見送られつつ、住人専用と言って良いだろう閻魔様のところへ向かいます。

通常通り業務を続けてもらいつつ、閻魔法廷Ⅰから閻魔法廷Ⅱへアップグレードします。光が波紋のように広がり、通った場所から更新されて綺麗《きれい》に。さすがゲーム。

「おぉ……サイアー、感謝しますぞ」

「……他は足りませんか。では有効に使ってください」

閻魔法廷にいる人達に見送られ、離宮へ戻ります。

さて、今日は何しましょうか？

《魔法触媒》も30になり【アセンブルスペル】を覚えました。同じ属性の魔法を使っていくと威力が上がっていくパッシブですね。

SP6を使用し《本》に進化させ、【リーヴルマスタリ】を取得です。魔法の消費MPが減少し、攻撃範囲が上昇するパッシブですね。

じわじわ上がる《空間魔法》も35になり、【グラウィタススフィア】を覚えました。指定した座標に周囲のものを吸引する重力球を生成する。範囲狩りするのに優秀な魔法です。《影魔法》は15で【ハイド】を取得。レッドプレイヤー御用達。フェルフォージの鉱山にいるマーダーマンティスなんかも使用してますね。分かりやすく言うなら……光学迷彩系魔法？　ちなみに《空間認識能力拡張》だと目で見ているわけではないので、関係ありません。《看破》系でも分かるので、過信は禁物ですね。

《暗黒魔法》は35で【ダークボールⅡ】と【ダークヒールⅡ】となり、強化されました。新規の魔法はなしです。

そして《高等魔法技能》の【マルチロック】を開放しておきました。【二重詠唱《デュアルスペル》】などで複数の魔法使用時、複数体への単体指定が可能になるものです。つまり普段と同じ使い方で多数の敵を狙ったり、味方にヒールをかけたりできるようになります。

とまあ、スキルは順調と言えば順調なのですが……キャパシティが順調ではありません。現在９１４１です。まだまだ欲しいですね。掘り掘りするのを止めて、東に行くべきでしょうか。現状で一番体格あるのが東なんですよね。

ああ、そうだ。一度エルツさんのところへ行きましょう。そろそろ解体ナイフと包丁辺りを新調したいです。お肉切ってるとアサメイからシクシクと不気味な声が聞こえそうです。

始まりの町へ飛びましょう。

三陣が来てから初めて中央広場へ来ましたが、すごい数ですね。初心者装備がいっぱい。

「「あ、姫様ー！」」

この見事なハモリは……やはりアメさんとトリンさんですか、ご無沙汰ですね。

「お久しぶりですね。順調ですか？」

「「順調ー！」」

冥府を目指すためにひたすらレベリング中だそうで、そろそろ一度挑戦するつもりらしいですね。

2人は飛行タイプなので行くこと自体はそんな難しくないと思いますが、掲示板によると試練は種族によって多少変わり、中々難しいとか。アルフさんはタイプが違う相手との連戦だったようですし、スケさんはまたパズルやったり戦闘したりだったとか。多分スキル構成でも変わるんでしょうね。

狩りに行く2人を見送り、エルツさんのお店へ向かいます。

「姫様じゃねぇか。どうした？」

「おはようございます。解体ナイフと包丁でも新調しようかと思いまして」

「おう、おはようさん。素材はハルチウムだな？」

「その予定です。それと、魔鉄の加工しますか？」

「勿論《もちろん》やるぞ。美味しいからな」

ハルチウム鉱石を12個渡して解体ナイフと包丁を注文します。

マギアイアンも180個渡して加工してもらいます。60個のインゴットになって返ってくるでしょう。

私としても《錬金》で加工するより必要個数が少なく済むので、エルツさんに任せた方が得です。

「解体ナイフは在庫があるが、包丁は作らんとないな」

「いくらになります？」

「魔鉄の加工をさせてもらえるし、材料持ち込みだからなぁ。元々そんな高いもんでもないし、合わせて２万ぐらいか？」

「安いですね。作っている間に下ろしてきましょうか」

「待て待て、組合カードで取り引きできるようになったろ」

「ああ、アプデ情報にさらっと書いてありましたね。ではそれで」

「おう、まいど。解体ナイフはこれな。包丁とインゴは後で構わんか？」

「構いません。古い方いらないので、潰しちゃってください」

「あいよ」

組合カード同士でお金の受け渡しができるようになったので、それで支払いを済ませます。今までのナイフは不要なので売ります。

［道具］　ハルチウムの解体ナイフ　レア：Ｒａ　品質：Ａ－　耐久：１５０
解体するためのハルチウムでできたナイフ。
ドロップ判定増加：小　ドロップ品品質上昇：小

耐久が増え、ドロップ品の品質上昇効果が上がりましたね。

問題があるとすれば、取り込むので使用頻度がさっぱりだということでしょうか。《解体》と《目利き》スキルがさっぱり上がっていない。

まあ、残りはエルツさんに任せてお店を後にします。

さて、どうしましょうか。

《錬金》も力入れたいですし……テクニカルビルドの弱点がモロに出ていますね。やりたいこと、やれることが多過ぎて時間が足りない。ワンワン王が言ってた、冥府にある門が云々も確認したいですし、常夜の城の図書室もちゃんと確認したいところ。ラーナから【対人の型】も教わっておきたいですし、《古代神語学》もそれなりに時間かかります。後は《錬金》や《料理》といった生産と、RPGの宿命であるレベル上げ。

言語は平日の帰宅後にちまちま教えてもらい、生産は平日寝る前に回すべきでしょうか。休日である今日は……門と図書室の確認ですかね。お昼まで時間があるようならラーナに教わりに行きましょう。

そうと決まれば善は急げ。早速行動開始。

えーっと……北の方としか言ってませんでしたよね。上の方はクリスタルロータスの花畑が広がっていますが……離宮から眺める感じでは何かあるようには見えません。

……まあ、行ってみましょうか。

やはり特に気になるものはありませんが……怪しいと言えば、丘になっている場所でしょうか。道自体はあるので、確認しないという選択肢がないですね。不死者達が花畑を見ながらピクニック……とかなさそうですし、道がある以上重要な何かがあるはずです。

丘の上まで来ましたが特に何もありません。

周囲を見ながら丘の中央付近まで来た時、銀の鍵が勝手に動いてなにかを開けようとしています。転移する時と同じ演出ですね……。

空間が裂けるかと思っていたら、突如視界が切り替わりました。

正面には巨大な門があり、手前ではなにかが台の上にある輝く球体の上で揺れ動き、低い音を発しています。

古ぶるしきもの《ウムル・アト＝タウィル》　Ｌｖ１００
属性：？　弱点：？　耐性：？
属：神格　科：？？？？？の化身
状態：睡眠

えっと……ここが目的地だと確信しました。私のルートは確実にクトゥルフ系が絡んできているので、リアルの方でクトゥルフ神話系のルルブやサプリなんかを読み直したんですよね。その方が違いが分かって楽しめそうでしたから。

ヨグ様の化身にして窮極の門の守護者であるウムル・アト＝タウィル。正規ルートでなら安全な神格の化身。言葉の意味的にはタウィル・アト＝ウムルで、生命長きものではないか？　とか書かれてましたけど。

まあそれはともかく、銀の鍵は既にいつものポジション……アサメイの隣にぶら下がっています。

2歩進むと音が止み、状態が睡眠から正常へ変わりました。起きたようです。

滑るように台座から降りたそれは、人間が布を被ったようなシルエットをしています。とは言え、動きから人間ではないと主張していますけど。

『君にはまだ早い』

恐らく私の後ろ……出口を指して、頭に直接響く声で言われました。男性と女性が同時に喋ったような、性別が特定できない声ですね……。

こちらの質問には答えてくれるでしょうか？

「ここは深淵《しんえん》へと行ける窮極の門へ繋《つな》がる場所……で、あっていますか？」

『然り』

「ありがとうございます。では、出直すとします」

大人しく下がりましょう。怒らせても良いことはありません。場所の確認はできたので、これ以上はティンダロスの王に聞くとしましょう。

すぐ後ろの闇に手を伸ばすと瞬時に視界が切り替わり、元の丘の上に戻ってきました。

離宮まで戻ってワンワン王を呼びます。

「言語か？」

「いえ、少し聞きたいことがありまして」

「ほう？」

「門を見つけたのですが、化身にまだ早いと言われまして。条件分かりますか？」

「《空間魔法》はいくつだ？」

「えー……35ですね」

「ふぅむ……足りないのはベースだな。35以上にしてから行け。《空間認識能力拡張》は？」

「14ですね」

「ふむ。最低条件は後ベースだけだが、《空間認識能力拡張》は高ければ高いほど辿《たど》り着くのに楽だぞ」

「最低条件はベースが35以上の《空間魔法》が？」

「30以上だ」

「なるほど……ありがとうございます」

「うむ、早く来るが良い。ではな」

立像の角に吸い込まれていくのを見届け、私は常夜の城にある図書室へ向かいます。どうせ今すぐレベル上げしたところで、進化は40でしょうからね。

スキルに影響の出そうな何かがあると良いのですが……《直感》反応しませんかねー？　表紙を流し見しつつ、図書室を隅々まで回りましょう。

む、『死霊の秘法と夢想の棺の考察』に《直感》が反応しましたね。実に気になるタイトルです。

どれどれ……。

骨肉を媒体とし、魔力で体を生成する……ですか。

個がある霊体はともかく下僕では意思の力が足りず、助けがないと霊体では存在を維持できない。故に生物の骨肉を媒体とし、主人の魔力を使用して維持させる必要がある……ですか。

霊体でも骨肉（キャパシティ）使うからな！　ってことですね。そのための手順が書いてあると。

そして『夢想の棺』というのは……これはまた……冒瀆《ぼうとく》的と言うべきか、死霊魔法らしいというべきか。


〈特定の条件を満たしたため、《死霊秘法》で霊体系の召喚が可能になりました〉

〈特定の条件を満たしたため、《死霊秘法》にエクストラアーツが追加されました〉


どれ、確認しましょうか。

霊体系でキャパシティの変化は……特になし。種族的な物理耐性と魔法耐性があるので強いが……光と聖には致命的に弱いと。

プレイヤーの場合ですが、掲示板によるとタンクには向かないとか。盾持っても踏ん張りが効かないので、ノックバックしまくっていまいち……と。

ゾンビ
筋力：C　器用：E　体力：B　敏捷《びんしょう》：F　知力：F　精神：F
スケルトン
筋力：E　器用：C　体力：C　敏捷：C　知力：F　精神：F
アーマー
筋力：C　器用：E　体力：B　敏捷：D　知力：F　精神：F
ゴースト
筋力：F　器用：D　体力：D　敏捷：E　知力：C　精神：C

ほんと、極端ですね……。
これに加えて素体の形も影響あるので、中々複雑なんですよね。

ウルフ
筋力：D　器用：F　体力：D　敏捷：B　知力：D　精神：E
スケルトンウルフ
筋力：D　器用：E　体力：C　敏捷：B　知力：E　精神：F

《死霊魔法》は素体と言っても、形なのか見た目なのかでだいぶ変わります。

形はウルフ、見た目はスケルトン。形はウルフ、見た目はゾンビ。形はウルフ、見た目はゴースト。リビングアーマー系は独立してますね。

ステータスにおいては形がベースになり、見た目により多少変化。逆に耐性系は形より見た目の方がベースになります。

そして忘れてはいけないのが、アンデッド化処理が行われるので、基本的に知力や精神は下がる。アンデッドではなく、不死者まで行くと知力と精神は人間レベルにはなるでしょうけど。

とは言え知力が下がるから頭が悪くなるかというと、《死霊魔法》系の行動ＡＩはＡＩレベル依存なので、魔法ダメージが悲しいだけですね。

ということで、アウルをゴーストに切り替えるぐらいでしょうか？　ゾンビが空気過ぎますね。

次、追加されたエクストラアーツですね。

【夢想の棺】

大きな棺と小さな棺を召喚する魔法。

大きな棺は遺体を寝かせるスペースの周囲に、埋葬品を置くスペースがある。

小さな棺は埋葬品を置くスペースだけがある。

【泡沫《ほうまつ》の人形】

大きな棺に眠っている遺体を、埋葬品を装備した状態で具現化召喚する。

魂は既にないが、体に残った記憶が人ならざる体で猛威を振るう。

これは1体しか召喚できない。

小さな棺にしまった埋葬品を具現化召喚する。

具現化数に制限はないが、具現化する度にMPを消費する。

埋葬品の特殊効果は制限される場合がある。

【泡沫の輝き】


本によると棺の中は時空を超越しており、腐食などは気にする必要がない。

埋葬品とは装備を指している。つまり、同じのを複数用意する必要がなくなったわけですね。ただし装備に特殊効果がある場合は制限される……と。さすがに完全再現だと強過ぎますか。でも場合がある……なので、何かしらルールがありそうですね。

大きな棺にしまう遺体は、生前に強ければ強いほど良い。埋葬品も生前に愛用していた遺品だとなお良い。用意できれば最高のパフォーマンスを発揮する。

棺に生者を入れることはできない。もし、魂を閉じ込めようものなら不死者達が出張ってくるだろう。あくまで必要なのは遺体である。注意するように……ですか。

んー……ラーナの遺体をしまえばいいのでは……と思いますが、さすがにもう遺体という形を保っていませんか。残念です。

夢想に泡沫……あくまで仮初めですか。使用するのは遺体ですからね……。

ここでは棺を出せませんか。結構スペース必要ですね。

本を戻して他にないか探してから、図書室を出て離宮へ戻ります。

棺を召喚して小さな棺に装備をしまっていきます。複数用意する必要がなくなったので、鋼装備が不要になりましたね……。ハルチウムの片手槌《づち》も魔紅鉄《まこうてつ》の片手槌で十分そうですし、お金の節約になる素晴らしい棺ですね！

と言うか、アルマンディンマギアイアンが魔紅鉄ってことは、宝石の色で中央の漢字が変わるんですかね。今のところ必要な属性といえば光と土ですか？　アンデッドと南の水棲《すいせい》系対策ぐらいでしょうか。となると、必要な宝石はセレスタイトとアンバーですね。

作るなら土は片手剣、光は槌でしょうか。1個ずつ作ってもらって、残りのインゴットは出荷……と言うか、出荷しないとハウジングの鉱脈から採れるので増える一方です。

とりあえずもうすぐお昼になるので、手持ちの魔鉄で作っておきましょう。


のんびりお昼を済ませたらログインです。そして再びエルツさんのお店へ。

「おう、できてるぜ」

「ありがとうございます。鋼装備買い取ってくれますか？」

「まだまだ売れるし構わんが……」

「下僕の装備問題が多少解決しまして」

「そりゃめでたいな」

魔鉄のインゴットを60個とハルチウムの包丁を受け取ります。

そして鋼の片手剣、片手槌、両手剣、大盾、小盾を買い取ってもらいます。これで50万。

「それとこれで片手剣。こっちで片手槌を頼めますか？」

「ほう、ほうほう」

「それと、このシリーズ買うとしたらいくらつけます？」

「今の状況だと少々厄介だな……売り上げの半分でどうだ？」

「それは美味しいですね。土と光が狙いどころだと思うのですが」

「水棲とアンデッド対策か。火属性も人気ありそうだがな」

火の魔剣は安定ですよね。現状ではまだまだ地味ですけど。

「性能と入手経路考えるとハルチウムより上か。渡すのは15万前後で良いか？」

「構いませんよ。ところで片手剣と槌はいくらですか？」

「これから稼がせてもらうからなぁ。素材的にも両方で10万でいい」

「ではお願いします。私は加工してくるので」

「おうよ」

離宮へ帰ってからせっせと魔鉄と宝石、魔石を合成します。そろそろ魔石を買って補充しないとですね……。

《錬金》の利点はあまり時間がかからないことでしょうか。

とりあえず火11、水6、風3、土9、光3、闇8で40個。これをエルツさんのところへ持っていきます。

「宅配でーす」

「おう、すまんな！」

店舗で話すのもあれなので、工房へ移動します。許可がないと入れないので、内緒話するには最適ですね。

「魔紅鉄、魔蒼鉄《まそうてつ》、魔碧鉄《まへきてつ》、魔金鉄《まこんてつ》、魔天鉄《まてんてつ》、魔冥鉄《まめいてつ》か」

それぞれ名前通り、鉄に薄っすらと色がついています。紅が火で赤。蒼が水で青。碧が風で緑。金が土で黄。天が光で白。冥が闇で黒です。見た目的には闇の魔冥鉄が一番地味ですね。鉄に黒混じりなのでなんとも。

名前のルールは宝石名＋インゴット名で確定です。

火：アルマンディン。水：ラピスラズリ。風：ネフライト。土：アンバー。光：セレスタイト。闇：ヘマタイトです。

そして金属は現状マギアイアンしかないので、それが後ろに付きます。

「なるべく数作った方が稼げるか……この個数だとこうで……よし、金を渡すぞ」

「お、良い値段ですね」

「おう。ダンジョンが見つかる前の今のうちが最大の稼ぎ時かもしれんな」

魔鉄はダンジョンで採るのが基本でしたね。供給が少ない今のうちですか。《錬金》でこういうのが作れると広まれば、《錬金》持ちも増えそうですからね。私も稼ぐなら今のうちか。

ということで、約２Ｍの収入。正確には１９５万。貯金が５Ｍ丁度になりましたか。キッチン買いましょうかね？

　頼んでおいた魔金鉄の片手剣と、魔天鉄の片手槌を受け取ります。

「1つ気になると言えば、弓に属性は付けれねーんだろうか？」

「今のところレシピは持っていませんね。鏃《やじり》を作ればいいのでは？」

「消耗品にするにはコストが重過ぎないか？」

「ダンジョンで魔鉄が採れるようになったとしても……宝石と魔石ですか……」

　魔石は出す敵がそこそこ決まっているようで、アンコモンぐらいのドロップ率ですね。出す敵さえ狙えばそれなりに出る。しかし宝石は普通にレア物です。

「弓は《付与魔法》系統が良さそうですね……」

「だよなぁ。まあ、属性持った木があるのかもしれんが」

「ありますかね？　今のところぶっ飛んだファンタジーは見てませんが……」

「トリフィドは……イベントだったたな。ってもまだ半分も行けてないだろうし、未開の地に行けばあるかもしれんぞ」

「それもそうですね。まだ南の大陸丸々未探索ですし」

　冥府がファンタジーと言えばファンタジーでしょうか？　死後の世界かつ、不死者沢山ですし。

まあ、用は済んだのでお暇《いとま》します。これから武器作るでしょうからね。

　エルツさんのお店を出て中央広場へ。

「ヒャハハハ！　姫様じゃねぇか！」

もうこれだけで誰か察せられますね。聞こえた方を見ると案の定モヒカンさんでした。

「ごきげんよう、モヒカンさん」

「ご機嫌でビンビンだぁ！」

「『ナニがだ⁉』」

「まあ、元気じゃないよりは良いのではないでしょうか？」

「ギャハハハ！　ちげぇねぇや！」

モヒカンさんは三陣からしたら刺激が強そうですね。初見のインパクトよ。一陣からしたら今更ですし、二陣もさすがに慣れたでしょうか？

「ターシャです！」

「あら、また濃いのがいるわね？」

「ヒャハハハ！　あんたらも十分濃いぜぇ？」

「まあ否定はできないわね……」

エリーとアビーですか。勿論その背後にはレティさんとドリーさんが。

「ドレスとメイド服、無事に買えたのですね」

「宣伝にもなるって値下げしてもらったです！」

「向こうから作れるようになったと連絡があったのよ。勿論頼んでおいたわ」

エリーが黒と赤でXラインのフィッシュテール。

レティさんがアニメなどでよく見るタイプの、ヴィクトリアンをアレンジしたクラシカルタイプメイド服ですね。スカートはロング。

アビーが白と青のバルーン。スカートは短め。

ドリーさんがヴィクトリアンをベースに、スチームパンク的な戦闘メイドを意識したアレンジでしょうか。こちらもロングスカート。

エリーは落ち着いた大人寄りのデザイン。アビーは可愛い系のデザインですね。２人共パーティードレスと言われるようなもので、さすが、自分に合うドレスをよくご存知で。

「私だけ従者がいませんね。一号を連れ歩くべきか」

「執事服かしら？　でも骨よね」

「ヒャハハハ！　アーマーで騎士として連れた方が良いと思うぜぇ？」

「なるほど」

「確かに、その方が良さそうね」

一号を召喚して、離宮に預ければ学ぶでしょうか？　あのＡＩレベルならやれそうな気がしますね。生産する時とか、試しに預けてみましょうか。

「その格好知ってるです！　ヒャッハーです！」

「ヒャッハー！　汚物は消毒だぁ！」

「凄いです！」

「真似しないでくださいね？」

「さすがにないです」

ドリーさんに突っ込まれてますが、見る分には良いけど自分でやるのはないと、アビーが真顔になってますね。まあ、さすがにそうでしょう。

さすがのモヒカンさんもこれには苦笑しながら頷《うなず》いています。モヒカンさんとしても、アビーに真似されるのはあれでしょう。

「ふふ……。そう言えば、モヒカンさん調子はどうですか？　順調で？」

「順調だぁ。そろそろ次エリア目指し始めるって段階だぁ。ヒヒヒ！」

「第四エリアですか。私もそろそろ目指してみましょうかね？　行くなら東か。エリー達は？」

「もうすぐ第三ってところね」

「中々早いですね」

「二陣以降は俺らからの情報があるから、多少は楽だぁ」

「ですわね。情報の有無は大きいもの」

なるほど。情報があるというアドバンテージですか。スキルの取得条件とかに時間を取られない分、楽なのは間違いありませんね。それと……狩り場の情報ですか。これも大きいと言えば大きいですね。

今のところエリアボスがいるのは、始まりの町から第二エリアへ行く時のみ。ゴーレムとかを倒しさえすれば、第二から第三は一応素通りが可能ですからね。狩りができるかはまた別の問題ですけど。

東の第二から第三が地上に馬がいるため、倒せる強さがないと難しい……とかでしたね。

「そう言えばアビー。魔粘土はまだ欲しいですか？」

「欲しいです！　品質高いのできたですか？」

「A級には乗ったので十分でしょう」

「いくらです？」

「んー……15Kぐらいでしょうか。でも数はありませんよ？」

「4個欲しいです！」

「なら丁度ですね」

「やったです！　後でじっくり作るです！」

アビーはマリオネッターですからね。それに加え自分で制作もしているようで、冥府素材で作った魔粘土は人形向きですから、丁度いいと。

「そう言えばエリー。うちには来ましたか？　イベントのポイントでお茶の苗木を交換して植えたので、そのうち採れるようになりますよ」

「まだ行ってないわね。私達も交換はしたのだけれど、まだ拠点がないから植えられないのよね」

「畑だけ買うのも考え中です！」

「どうせなら家が欲しいのよ。とは言え、必要な土地を考えると悩ましいわ」

「外周にある畑のところに、大きい家が建ってたのが気になってるです！」

「この町の外周ですか？」

「そうです！」

そんなのありましたっけ？　プレイヤーの仕業でしょうか。始まりの町の外周はもはや用がないので、長らく出ていませんからね……。北側にはなかった気もしますし、別の方角ですか。

「そりゃあシュタイナー達のギルドハウスじゃねぇかぁ？　西だろぉ？」

「ですです！」

「ああ、農民の人達ですか。自分達で買った畑のところに建てたと。ギルド作ったんですね」

「ギルド名は農民一揆《のうみんいっき》だぁ！」

農民一揆……殺《や》る気満々ですね。しかし重要なのは、畑として買える外周でも家を建てられることでしょうね。外周なら土地は安いですから、それなりの広さを買えるはずです。土地なんて早い者勝ちですから、狙うなら今でしょう。

始まりの町以外の外周もあるので、広さが欲しいなら別を狙うのもありですね。問題は……ワールドクエストで防衛戦がある場所だと、下手したら壊れるのでは？

始まりの町の南は要注意ですね。他の町はまだ不明ですけど。

皆ひと狩り行くようなので、解散。

私も組合の委託で魔石を補充してから、狩りに行きましょうかね。キャパシティ目当てに今日は東です。

もうすぐベースの40台が来ると考えると、今のうちに蓄えておかないと。ただでさえ全然足りてないですからね。

今、会いに行きます。トロールさん！　あとオーガも。む……キャパシティだけなら第二エリアの弱い方を狙うべきか。サイズ依存ですからね……むむむ。最初第二行って、飽きたら第三行きましょうか。

そうと決まればさっさと行きましょう。

09　日曜日

起きてからは少し体を動かします。体型や姿勢を保つためには適度な筋肉は必要。しかし腹筋を割る気はないのであくまで適度。

その後、10時ぐらいからログイン。

昨日冒険者組合ランクがDになりました。討伐だけで納品をしていないので、少し遅めですが仕方ありませんね。納品報酬よりキャパシティが大事です。

さて、次の進化イベントに必要な条件も分かりましたし、レベル上げですかね……。キャパシティ集めに繋《つな》がりますし、安定のレベル上げ。昨日は第二エリアへ行ったので、キャパシティは増えましたが経験値面はいまいち。

目指せ第四エリアですか。まあその前に、午前中はラーナのところへ行きましょう。離宮から訓練場へ移動。

「ラーナ、【対人の型】をやりましょう」

「畏《かしこ》まりました。早速始めましょう」

これが聞いた中でラストなので、覚えたら何かありますかね？　クエストが更新されると思うのですが、楽しみです。

〈特定の条件を満たしたため、《古今無双》にエクストラアーツが追加されました〉


『目指せ、免許皆伝』

剣術の師匠、スヴェトラーナから認められろ。
1．6個の『型』を習得せよ。
2．2個の『上位統合派生型』を習得せよ。
依頼者：スヴェトラーナ
達成報酬：称号更新

更新されましたね。どうやら上位の統合された派生の型が2つあるようですね。

「次の派生もチャレンジしますか？」

「次は何があるんです？」

「一つは【Ex　対人の型】と【Ex　気流の型】の統合派生【Ex2　白兵の型】です。もう一つは【Ex　水流の型】と【Ex　鏡の型】の統合派生【Ex2　水鏡《すいきょう》の型】です」

「では【水鏡の型】を覚えたいですね」

「畏まりました。【水鏡の型】は受け流しと反射に重点を置いた型です。実は、型自体は難しくありません。これは実技が難しいタイプです」

水流と鏡があまり差がないので、その統合の水鏡の型自体は難しくないと。白兵の方が難しいようですね。

まあ、予定通りお昼までは教わります。

もう少しで覚えられそうだったので少し昼食を遅らせ、【Ex2　水鏡の型】を覚えてから食事を済ませ、再び午後のログイン。

午後は何しますかね。んー……ハウジングでしょうか？　軍資金は約5M。

［家具］　キッチンⅢ　レア：Ra　品質：C　価格：75万

王宮料理長が扱う超本格的な調理道具をホームに設置する。

形はアイランド、ペニンシュラ、I型、L型、セパレートから選択。

料理品質上昇：大

［家具］　クッキングボックス　レア：Le　品質：C　価格：100万

料理に使う食材を収納することができる箱をホームに設置する。

同じ部屋にある調理器具とのリンクが可能。

横置き、または縦置き選択。

無限収納。

［家具］　全自動製パン機　レア：Ｒａ　品質：Ｃ　価格：25万
各種パン生地を作れる機材セット。
材料を入れ、時間と温度を選択したら待つだけ！
［家具］　全自動燻製機《くんせいき》　レア：Ｒａ　品質：Ｃ　価格：25万
各種燻製を作れる機材セット。
材料を入れ、時間と温度を選択したら待つだけ！
［家具］　全自動製麺機　レア：Ｒａ　品質：Ｃ　価格：25万
各種麺類を作れる機材セット。
材料を入れ、作る麺を選択したら待つだけ！
［家具］　全自動腸詰め機　レア：Ｒａ　品質：Ｃ　価格：25万
各種腸詰めを作れる機材セット。
材料を入れ、種類や太さを選択したら待つだけ！

欲しいと言えば欲しいですね。２７５万ですか……。
窯が個別で見つからないので、キッチンⅢに入っているのでしょう。
あと気になるのがあるんですが……。

［家具］　全自動蒸留器　レア：Ｒａ　品質：Ｃ　価格：50万

蒸留水の作成やアルコールの濃度を上げることが可能で、瓶に移すまでを行う。
ポットスチルが1個設置される。
マナ濃度が高い方が効率が良くなる。
ガラスをセットすることで瓶の自動生産も可能だが、瓶の生成速度はマナ濃度依存。
1度のアルコール度数上限：原料の約3倍。
[家具]　全自動連続式蒸留機　レア：Ｌｅ　品質：Ｃ　価格：１００万／１５０万
蒸留水の作成やアルコールの濃度を上げることが可能で、瓶に移すまでを行う。
ポットスチルの隣に、異人の知識を利用した棚段塔が設置される。
マナ濃度が高い方が効率が良くなる。
ガラスをセットすることで瓶の自動生産も可能だが、瓶の生成速度はマナ濃度依存。
1度のアルコール度数上限：約3倍から90度。

これですね。要するに蒸留器の大型版……というより工業版。

離宮だけあって一室がかなり広いんですけど、ぶっちゃけこれだけで一室潰れますね。かなり大きい。全自動蒸留器を持っていれば全自動連続式蒸留機は１００万。んー……増築すると２１０万ですね。

増築は不要なので、諸々で４２５万ですか……。とは言え、蒸留水って言うほど使いませんよね。畑で採れた魔草はサルーテさんに売った方が良いですし、魔法の調味料セットの中にホワイトリカーがあります。ひとまず全自動蒸留器は見送りますか。

ホーリープニカで果実酒作れるんですかね？　せっかくなので置いておきましょうか。私は飲めませんけど、まあ良いでしょう。採ってきてもらいます。

その間に料理用の家具を購入し、壁をぶち抜き2つの部屋をキッチンへ。扉は中央に両開きを配置。このぐらいの変更ならお金は要求されないようですね。

キッチンはセパレート型を選択。入って左側の壁にL字でコンロを並べます。コンロから離して細長いシンク付き作業台を、間隔空けて縦に3個並べます。大きいのをデンと置くと、どう考えても手が届きませんからね。

入って右側の壁際に全自動を4個並べます。こちらは作業台を間隔空けて、コンロ側のより少し大きい物を横に2個並べます。部屋に入って一番右上の窓際が燻製機ですかね。燻製、パン、麺、腸詰めにしましょうか。

空いたスペースに縦置きで、クッキングボックスをねじ込んでおきましょう。調理器具とのリンクは……いちいちボックスと調理台を往復せずに、調理台からボックスにアクセスができます。勿《もち》論《ろん》全自動の魔動装置ともリンクが可能。

うん、これで良いでしょう。

やってきた侍女からホーリープニカを受け取り、【洗浄《クリーン》】で表面を綺麗《きれい》にしたら、多少皮を残しつつざっくり切ります。

そしたら瓶に入れ、砂糖とホワイトリカーを追加して放置。最短3ヵ月、できれば半年ぐらいですかね。ゲーム内だとどのぐらいでできるやら。

〈フェアエレンが訪問してきました〉

おや、珍しい。用も済んだのでキッチンから出ます。

「やっほー！」

「ごきげんよう。どうしました？」

「蜜が採れるか試しに来たよ！」

「ああ、なるほど。では検証しましょうか」

離宮は門から家まで、クリスタルロータスの花畑と追憶の水が流れる川がありますからね。妖精種の固有能力によって採れる妖精の蜜が、クリスタルロータスから採れるか試しに来たと。

蜜が採れることを確認し、蜜を採った花を採取して、品質の変化がないことも確認。つまり、蜜採取用の花畑がここにあると。

「うほー！　採っていい？」

「構いませんよ。私達では採れませんし」

「じゃあそうだなー……お礼に少しずつ蜜置いてくね」

「それは嬉《うれ》しいですね。私がいなければ侍女の誰かに渡してくれればいいので」

「おっけー。うへへへ、採れる蜜の品質が高いぞぉ」

管理は庭師がしているので、野生より良いのでしょう。裏の畑は……花は咲いてないので不要ですね。

そうか。蜜……蜂蜜。養蜂ですか。

［家具］　グラウィタスハイブ（特大）　レア：Ｅｐ　品質：Ｃ　価格：45万
ミツバチにも養蜂家にも優しい、異人達が持ち込んだ技術。
巣の上部を捻るだけで、下から蜜が出てくる。

［家具］　ミツバチ　レア：Ｎｏ　品質：Ｃ　価格：20万
様々な花から蜜を集めて保管する、ミツバチの一種を捕まえてきた。
彼らは好戦的ではないが、せっせと集めたご飯を横取りすれば普通キレる。
盗り過ぎないようにしよう。
蜂蜜とローヤルゼリーが採れる。

［家具］　軍隊魔戦蜂　レア：Ｅｐ　品質：Ｃ　価格：80万
様々な花から蜜を集めて保管する、ミツバチの一種を捕まえてきた。
種では珍しくとても好戦的であり、魔法も使用する。
名前の通り軍隊のように動く彼らを退け、蜜を入手するのは至難の業。
とても貴重な蜂蜜は、豊富な栄養と魔力を含む医者泣かせ。
蜂蜜とローヤルゼリーが採れる。

「これ捕まえてくる奴も大概おかしいよな？」

「フレーバーテキストに突っ込むのは野暮ですよ」


これ山本《やまもと》さんのツッコミでは？

まあ……一番良い箱で45万。普通の蜂が20万で、一番良さそうな蜂が80万。

悩みますね。蜂蜜とローヤルゼリーですか。体にいい……とは思いますが、ゾンビの私には関係ないのでは？　体幹による姿勢などはともかく、さすがに肌などはキャラクリで弄れるので、食べ物による変化はないでしょうからね。

となると、住人に売るのが一番ですか？　蜂蜜はお菓子に蜂蜜酒がありますし、後者はミードさんに売れば良いでしょう。

１２５万ですか……合計４Ｍ飛びますね。残り１Ｍになりますが……エルツさんとの属性金属の取引がしばらく続くでしょうし、問題はありませんか。

広さは十分ですし、フェアエレンさんと取り合うようなこともないでしょう。そもそも判定が同じか謎ですからね。

侍女に庭師を呼んでもらい、設置場所を確認します。

「養蜂ですか。ではあちらへ」

特大箱は何個かに分けられるようですね。言われた場所に設置していきます。

それから軍隊魔戦蜂を購入し、箱と関連付け。早速蜂が飛び始めますが……大きいですね。20センチと15センチぐらいあるのが飛んでいますよ。それと2センチぐらいの。

「これが通常サイズですか？」

「おや、軍隊魔戦蜂について説明がいりますかな？」

「そうですね。お願いします」

「まず、見ての通り軍隊魔戦蜂というのは個体名ではありません」

そのようですね。一番大きいのがロイヤルヴェスピナエ。次に大きいのがロイヤルホーネット。小さいの……蜂としては十分大型ですが、ロイヤルカーペンターメイド。

「巣にいるのがレジーナアピス。ロイヤルホーネットを率いているのがロイヤルヴェスピナエ。花粉や蜜を集めるのがロイヤルカーペンターメイドですね。女王と騎士とメイドがいるのです。更に彼らは軍のように動き、魔法を使った戦闘をするため軍隊魔戦蜂と呼ばれます」

Ｌｖ54のロイヤルヴェスピナエ1体、Ｌｖ52のロイヤルホーネット5体で1分隊。これが編隊を組んで巣の一定範囲を飛んでいます。当然のように飛んでいるのは複数分隊。どちらも右がランス、左が盾のようになっていますね。

そして働き蜂になるのが、ロイヤルカーペンターメイドでしょう。クリスタルロータスと巣をせっせと往復しています。

「見分けるのはサイズですが、左の大盾がヴェスピナエ。円盾がホーネットです。どちらも盾を前にしたランスでの突進は脅威ですね。尻尾は猛毒を持っており、飛ばしてくることもあります。まあ、我々には関係ありませんが」

「結構形が違うので、見分けるのは楽ですね。しかし、あれから蜜採れますかね」

「現状のサイアーはともかく、我々には問題ありません。採っておきますよ」

「では保存を決めておきますか」

まず最初にグラウィタスハイブの使い方を説明しておきます。異人が持ち込んだ技術と書いてあるので、知らないでしょう。蜂蜜とローヤルゼリーが分かれて出てくるのはゲームだなって。

ローヤルゼリーはポーション瓶で保存。蜂蜜は何だかんだ使う大きい瓶に入れ、両方クッキングボックスへ。

自動収穫してくれるの楽でいいですね。まあ、誰が採っても品質はハウジングの施設依存だからでしょうけど。

ガラスを大量に作ってしまっておきましょうかね……。

いっそ何世代か経つと、土地による変異進化とかしたら面白いんですけど。

さて、フェアエレンさんは無事でしょうか。

「あの蜂めっちゃ怖いんだけど？」

「巣に近寄らなければ攻撃してきません。羽音がうるさくなったら離れることです。後は小さいメイド達に手を出しても集団で来ますね」

「だそうですよ」

「ほぉーん……取り合いにはならないみたいだし良いか。あれいくら？」

「箱が45の、蜂が80ですね」

「125かー……妖精の蜜とどっちが良いんだろ？」

「はて、知ってますか？」

「昔ですが、どっちも高級品でしたね。命を懸けないで良い分、妖精の方が安かったはずですが……味はどちらも一級です。どちらもそう出回りません」

命を懸ける必要があるが、1回でそれなりの量が手に入る軍隊魔戦蜂。命を懸ける必要はないが、妖精とのコネが必要で、かつ1回の量が少ない妖精の蜜。

微妙に味が違うらしいので、好みの問題だとか。

お仕事に戻る庭師を見送ります。

「あ、そうだ。姫様に相談したいこともあったんだ」

「ん、相談ですか？」

「うん。姫様、このゲームで傭兵《ようへい》プレイって成り立つと思う？」

「傭兵プレイですか？　PTの助っ人として入る代わりに、金銭またはアイテムを報酬として貰《もら》うプレイスタイル……ということでいいですね？」

「そうそれー」

「やるんですか？」

「掲示板でネタに上がってさー。調べスキーによるとできるだろうってことだけど、本当にやるつもりなら姫様の意見も聞いた方が良いとか」

ふーむ……？　ああ、そういうことですか。調べスキーさんはステルーラ様を気にしているわけですね。傭兵との『契約』でしょう。確実にステルーラ様が絡むだろうから私にも聞けと。

確かに、プレイヤーでは私が一番詳しい……可能性が高いですからね。そうじゃなくても、詳しいだろう人物とのコネはあるので聞けばいいわけですし。

それはそうと傭兵プレイですか。

「結論だけ言えば……可能かと」

「お、できる？」

「ええ、ただ……契約内容はしっかりしておくべきですね。それが口約束であってもです。傭兵プレイするなら契約書を作っておくのが確実でしょうか」

「口約束でもかー」

「ステルーラ様を特別信仰しないなら、口約束はセーフと言えますね。ただ報酬が発生するタイプはグレーです。契約書として紙などに作った場合はアウトですね」

「なるほど……」

「精神的にもRP的にも、契約書を作るのが安定かと思います。契約書の内容を悪意を持って……抜け道ですね。利用するとサヨナラですよ。つまり勝手に自爆するので裏切りは潰せる。傭兵は信用商売ですから、傭兵側から裏切るのはないでしょう。この世界での契約書はかなり要注意ですよ。ただ、書かれている文の裏まで読む必要はないため、ある意味では楽です」

書かれているそのままが全てなので、それを素直に守るだけでいい。厳しいととるか、むしろ楽ととるかは人次第ですね。素直な人ほど気にしない内容です。

「口約束でもログを漁れば『何言ったたっけ？』となりませんが……かなり面倒なので、そういう意味でも傭兵プレイするなら契約書は作った方が良いでしょうね」

「必要なのは期間と報酬、内容？　なるべく複雑な内容は避けた方が良さそうか」

「そうですね。更に『相互不利益となる行動を禁ずる』とでも書いておけば楽かと。これだけで裏切りを防げます」

傭兵プレイ自体が実力がないと話にならない……と言うのはまあ、今回の相談には関係ありませんね。そもそも百も承知でしょう。

報酬は手伝う内容にもよるでしょうけど、テンプレートは穴埋め形式的なものを考えておけばいいでしょう。

「傭兵として有名になれる可能性はありますし、プレイスタイルとしてはありだと思いますよ。ＲＰとしてもやりやすそうですね。契約書を作るだけでも、ＲＰ感が楽に出せるでしょう」

「裏切らず、腕さえあれば他は比較的自由だもんねー」

「ですね。腕があれば雇うためのお金が上がりますし、傭兵板ができそうですね」

傭兵ランキングとかできるかもしれません。活動時間、腕前、接しやすさとかで総合評価が出されると。当然評価が良ければ値段が上がるでしょう。

たまにやる分には面白いかもしれませんね……そんな暇があるか知りませんが。

「姫様この後はー？」

「はて、どうしましょうか。キッチン買ったので料理でも良いですが、平日に回したいところ」

「お、キッチン買ったんだ」

「今日だけで４Ｍ飛びました。また稼がねば……家具も欲しいですね。でもいい加減アクセを揃《そろ》えたい」

「え、まだ空いてる系？」

「７枠空いてるんですよこれが」

「マジか……半分じゃん」

アクセサリーは全部で14枠もあるんですよ。

基本は首（１）、耳（１）、手首（１）、足首（１）、指（10）の14枠。素直に従うならネックレスとイヤリング、バングルとアンクレットを１個ずつ。そして指輪10個ですね。イヤリングとバングル、アンクレットは左右セットです。

でもこのゲームは割りかし自由です。それ以外でもアクセ枠が空いてて、身に着けられるなら効果は発動する。つまり私の場合だと……首、耳、手首に守護シリーズのネックレス、イヤリング、バングルを装備。指は南のボスドロである、器用が上がる精妙な指輪。それと守護の指輪で２枠。これで合計６枠。ここまでは基本通りですね。

問題は銀の鍵です。銀の鍵の分類は［装備・装飾］なので、アクセサリー枠。指は当然無理ですし、耳と手首も無理。この鍵は12センチあります。首はチェーンで吊《つ》るすなりすれば平気そうですが、既に守護のネックレスが枠を埋めています。

ではどうするか……というと、有名な『装備しないと意味がないぞ？』ということで、まずアクセ枠を1個使用して装備状態に。そしたらベルトポーチの吊り下げ枠を使用して腰にぶら下げます。

これで問題なく装備状態です。ある程度の自由が利くので、アレンジが可能です。つまり指全部に指輪を装備しなければいけないわけではない……と。アイテムによっては装備方法も指定してくるのがありそうですけど。

まあ、これで私のアクセ枠は7枠使用し、後7枠空いている状況ですね。

「装備を、しないなんて、勿体《もったい》ない！」

「そうなんですよね。ニフリートさんに頼みたいところですが、最近ハウジングの生産施設にお金を持っていかれまして。下僕の装備や鞍も買いましたし……」

「あぁ……装備可能の召喚体に生産ねぇ……」

一番お金持っていってるのは確実にハウジングですけどね。エンドコンテンツの一種でしょうし、ハウジングでお金かかるのはお約束ですから……。とは言え、今のところ全てが生産施設なので、初期投資段階ですね。

ただでかなり広い土地と屋敷、土地固有の採集ポイントを得たのは嬉しいですが……ＭＭＯとしてのハウジングという点では微妙ですよね。なぜかって？　見せびらかせませんよこの家。通常マップじゃないですから、遠目にすら見えないという。

まあつまり、いまいち手を加える気にならないということですね。マイハウスはただの倉庫と生産施設になりそうです。

強いて言うなら……エリーとアビーを招いてお茶会する場所さえあれば良い感。しかもクリスタルロータスの花畑で良いですからね……あ、今大きい蜂いますね。……まあ良いか。些細《ささい》なこと。

「でも一応、これでとりあえずの初期投資は終わりましたかね？」

「姫様は《料理》と《錬金》だっけかー。私まだ家買ってないからなー」

「あ、まだなんですね？」

「妖精の国でもないかなーって思ってね。ちょっと買うの見送りー」

「妖精の国……探すの厄介そうですね……」

「そうなんだよねぇ……作品によって幅があり過ぎるからメタ視点で探せぬ……」

一番ありえるのは……森の中で結界が張られた中ですかね？　しかし、このゲームでは過去人間と敵対関係にあったとは聞きませんね。精々悪戯好き。結界を張って引っ込む理由がない？　あれ、でも妖精って人類には入ってませんでしたね。躍起になって狙う必要はないけど、積極的な交流があるわけでもない。だから妖精の蜜は高い？

妖精方面の情報は集めてないので、分かりませんね……。

「宰相は知識人ですが、何分情報が古いんですよね……」

「長生きさん？」

「長生きっていうか……リッチ系統ですから」

「そっかー」

「ん？　宰相じゃなくて、最近死んだ人に聞けばいいのでは？」

「なるほど。でも知ってるかな？　一般人が知ってるような内容？」

「んー……お偉いさんでも怪しいですかね……。あ、ソフィーさんが知ってそうですね」

「ソフィー？　ああ、魔女の人！」

「教会へ行ったら聞いてみましょうか」

「よろしく！」

再び蜜の採取に向かうフェアエレンさんを置いて、地上にでも行きますか。

始まりの町の中央広場へ。どうせならさっさとソフィーさんに聞いてしまいますか。ということで教会へ向かい、近くにいたシスターにソフィーさんがいるか聞いてみます。いるとのことで、時間があるか確認を取り、部屋に向かいます。

「ごきげんようソフィーさん。突然すみません」

「ん」

教会のはずですが試験管にビーカーと、なんか理科室みたいになっていますね。本人は紙に埋もれていますし。

「知り合いの妖精種が妖精の国を探しているのですが、ご存知ありませんか？」

「特定の者にしか見えない、ここから南西にある島。妖精種なら見えるはず……」

「島ですか。見える条件は判明していますか？」

「妖精もしくは魔力やマナに敏感な者なら気づけるはず……。ただし、欲深き者は無事に出てこれるとは限らない……」

「いわくつき？」

「んーん……普通に中の妖精達に殺《や》られるだけ……」

「ああ、なるほど……」

「妖精王オベロンとその妃ティターニアの治める常若《とこわか》の国……ティル・ナ・ノーグ。美味しいリンゴと生き返る豚、美味しいお酒がある楽園……」

おぉ……ファンタジーですね。オベロンにティターニア……有名所です。メロヴィング朝でもフランスの英雄詩でもなく、シェイクスピアの方ですか。夫婦喧嘩《げんか》してないと良いですが……。オベロンにティターニアはシェイクスピアですが、ティル・ナ・ノーグというとケルト神話でしたか。

まあ、メモだけしておきましょう。

「南西の海にあると伝えておきます。ありがとうございます」

「ん。そう言えば、神子《みこ》なんだって……？」

「神子？」

「聞いてない？　神々から加護を貰った者は神子と言われ、大体教会に所属してる。神託を得る者のこと……。神の愛し子……通称神子……」

「聞いてませんね。［ステルーラの祝福］は持っていますが、ルシアンナさんからは特に勧誘もされていませんし……」

「ん、そう……。いくら神子でもネメセイアを抱え込むことは避けたか……。ネメセイアの武力や権力、影響を考えると……下手に抱え込むより、今の友好関係がベスト……」

所属……さて、利用か保護か……組織としては多分両方でしょうね。

ルシアンナさんは今まで接してきた感じ、かなり善良でしょう。魂もカルマが善。つまり白いので問題なし。ちなみにソフィーさんも白。善寄りです。

武力や権力、影響はソルシエールであるソフィーさんも同様なはず。それでもここにいるということは、ルシアンナさんにそれだけの信頼があると。

加護を貰った村人とかなら教会に保護するのはありだと思います。受けた神託を広める役目を教会ができますし、教会には騎士団もいますので護衛も可。

しかし私が所属するとなると話はかなりややこしいことに。教会の勢力が割れる可能性がありますね。よくある勢力争いの先頭に立たされると。

そして私は神子であると同時に王族です。下手な扱いはできません。なんせ冥府の主です。冥府の軍がありますからね。地上の柵《しがらみ》など関係ない冥府の軍が、私の持っている銀の鍵によって国の中枢に直接転移してくるわけで。

挙げ句に私を狙っても異人なので、暗殺が物理的に不可能。不死者なので毒殺も洗脳も不可能。監禁も銀の鍵によって不可能。ぶっちゃけ詰んでますよね。

多分『友好的な関係を維持するしかない』というのが正解かと。持ってる加護が［ステルーラの祝福］っていうのが、住人からすれば精神安定剤でしょうか？　この世界では本人に問題はないという最大の保障ですよね。

ただこれ、逆に言えば最高の協力者になり得るんですよ。国を立て直したい王家やまともな貴族からすれば……ですね。勿論国ではなく組織でも構いません。《幽明眼》で貴族達の魂の色……カルマをチェックする。国王に伝える。近衛達が王命により対象の家探し。出てきた証拠で法により断罪。出なくても私が《裁定の剣》を用いて尋問。《裁定の剣》により肉体を傷つけることなく苦痛を与える。つまりＨＰは減りません。ただひたすらに痛い。《裁定の剣》は完全にＲＰ用ですね。《裁定者》でカルマによりダメージが増減するスキルもあるので、さっさと自白した方が良い。

逃げたら後ろめたいことがありますって自白しているようなものですし、暗殺なども不可能なので詰みです。自殺？　奈落でお会いしましょう。逃がしません。私が呼ばれた時点で詰んでいるんですよ。呼ばれるようなことをしたのが悪いので、容赦なんてしません。中々ＲＰのし甲斐《がい》がある状態です。張り切ってやりますよ。

まあそんなこんなで、組織に所属させるより、協力者として依頼した方が遥《はる》かに良いわけですね。

「あ、そうだ。ソフィーさんこの近くのダンジョン、どこか知りません？」

「んー……ヴァルオワッセとフィンフェルデンの間と、ベルンレイとラングレーノの間……」

ちょいちょいっとおいでおいでされるので、近くへ寄ります。ソフィーさんは地図を取り出し、場所を教えてくれました。あと町の名前も。

〈情報によりエリアマップが更新されました〉

えっと……ダンジョンは4－5と4－20ですか。北東のフェルフォージから、北東へ斜めに行くとヴァルオワッセ。ヴァルオワッセから南東へ斜めに行くとダンジョンがある山。もしくは東のバルベルクから、東に行くとフィンフェルデン。フィンフェルデンから北に2個行くとダンジョンがある山。

北西のベラフォントから、北西へ斜めに行くとベルンレイ。ベルンレイから南西に斜めに行って、更に南に行くとダンジョン。もしくは西のティリヴェッタから、西に行くとラングレーノ。ラングレーノから北に2個行くとダンジョン。

「北東が鉱山の洞窟タイプ……。西が森のフィールドタイプ……」

「お、マギアイアン採れますか？」

「北東で採れる……」

ふぅむ……荒稼ぎするなら今のうちですね！

それはそうと、ダンジョンの情報は手に入りましたが、行けるかどうかはまた別の話です。あるのが完全に第四エリアですからね。まずは町の開放をしないとなので、まだ行くのは無理そうです。

ソフィーさんにお礼として、追憶の水を湧き出る水筒から補充して、教会を後にします。

フェアエレンさんに聞いた情報を知らせておきます。後は頑張ってください。

さて、今日もレベル上げ行きますかね。平日は生産と……しばらく言語の勉強に当てたいので、休日のうちに狩りに行きましょう。

レベル的に来週ぐらいでしょうか。スケさん達と第四エリア目指しそうですから、キャパシティも兼ねて東でいいでしょう。なんか近いうちにイベント、ありませんかねー？　クエストでも良いのですが。経験値的に美味しければなおよし。

10　平日　月曜―金曜

「座れー始めんぞー」

　チャイムが鳴り、少ししてから先生がやってきました。

「……よし。さて、連絡だが……転入生が来たぞ？」

「『は？』」

「入れー」

　夏休み明け一週間後というとても微妙なタイミングで転入生ですか？

　先生に呼ばれて入ってきたのは……入ってきたの……は……。

「「ぶはっ」」

　入ってきた2人を見て、智大《ともひろ》と傑《すぐる》が吹き出したのを聞きつつ、私は頭を抱えます。

「…………確かに、夏休み明けで帰ったとも聞いてませんでしたし……？　普通にゲームにログインしてましたね……」

　エリーとアビーですよ。聞いてませんよ？　イタズラ成功してやたらニコニコしてますね。

「両親が仕事でしばらく日本にいるということで、留学だそうだ。ということで、よろしくな」

先生がめちゃくちゃこっち見ながら言うんですが、最後の完全に私に向けて言ってますよね？

「エリザベス・オフィーリア・レンフィールドですわ。　よろしく」

「アビゲイル・セリーナ・ルークラフトです！　よろしくです！」

「一応聞きますが、アビーは妹のクラスでなくて良いのですか？」

「学力的に問題ないと判断されたぞ」

なら良いですかね。私を挟むように左右に陣取られました。

「よろしくです、ターシャ！」

「ふふふ、来てあげたわ」

「ゲームにいる時点で気づくべきでした……」

……ん？　ちらちら見えるあれは……。

「もしや、レティさんとドリーさんまで来たので？」

「ん？　ああ……先生リアルでメイドさん初めて見たぞ？　しかもガチの本職な」

「……あそこでチラチラされても気になるので、いっそ中に入れては？　どうせ席は余ってますし、むしろ2人の近くに置いた方が本職だけあって気配消えますよ。心配してるだけでしょうからね」

「ふぅむ……向こうが遠慮してんだが、やっぱ入れちまうか」

どうせ見学自体は元々自由だったはずですからね。そう思えば別に問題はないでしょう。格好がメイド服なのを除けば。

先生が呼びに行くとスルスルと入ってきて空気になりました。

「さて、2人以外には特に連絡なしな。じゃ、怪我しねぇように」

先生が教室から出ていき、生徒達がガヤガヤし始めます。

少しして智大と傑がこっちへ。

「「おっす」」

「「ごきげんよう」」

「公式トレーラーに動画が追加されたっぽいぞ。キャンプイベントのやつだな。CM版とロング版だとよ」

「今回は遅かったね？」

「長かったからだろうなぁ。時間あるし、見るか？」

「見るです！」

智大の問いにアビーが元気に答えたので、見ることにしましょう。

まずは短いCMバージョンから。

「お、いきなりクライマックスじゃんか」

「トリフィドだな」

傑と智大が言うように、いきなりイベントのラスボスから始まりました。

地上部隊と航空部隊でちょいちょい視点を変えながら流れていき、ボスが倒され大宴会を映しながらタイトルロゴが出て終わり……じゃないですね？

かなり映像が暗いですが……。

「なんだ？」

「あ、これあの忌々しい嵐の時じゃないかしら？」

「ああ……鬼畜の所業だったあれな……」

「うわ、骨です！」

「ん？」

『愚かな人間めぇ……後悔させてやるぞ……ひゃひゃひゃひゃひゃ！』」

「ふふっ……これスケさんのあれじゃないですか！　あ、終わった」

雷嵐竜の嵐でスケさんがふっ飛ばされて、這《は》って戻ってくる時の場面ですね。

「そうか。イベント中は２人とＰＴ組んでたもんな。琴音《ことね》が知ってるのも不思議じゃない」

「私もあの場面動画撮ってたので、帰ったら上げようか。ロングの方でネタバラシがなければ」

「じゃあ長い方見るか」

編集によってホラーですが、本来はネタ動画ですからね……あの場面。

ロングバージョンは１日ごとのダイジェスト版でした。１日目が酷いのなんの。拾い食いした被害者纏《まと》めみたいになってますよ。これは酷い。突然暴れだしたり、突然倒れたりと地獄絵図ですね。そしてやっぱりと言うか、４日目が一番面白かったです。やってる当人達かなり必死なんですけど、こうしてみると面白いですね。酷い話です。

「帰ったら動画上げますかね。『トレーラーの真相』というタイトルで……」

「楽しみにしてよう」

それから授業をして、昼休みに妹が来てエリーとアビー達を見て固まり、帰りは車で送ってもらい楽ちん帰宅です。

さて、ゲームしますか。

例の動画をサイトに上げてから、ゲームにログインします。


離宮でワンワン王と雑談タイム。有益な情報がポロッと出たりするので、油断なりませんよ。

「《空間認識能力拡張》はどうだ。ちゃんと使いこなせているか？」

「使いこなすも何も、あれってパッシブスキルでは？」

「む……？」

物凄い『何を言ってるんだこいつは？』って感じで見られている気がしますね。

《空間認識能力拡張》って、《看破》系や《感知》系に補正を加え、偏差予測や魔法範囲予測などにも補正を加えるスキルですよね。パッシブスキルでは？　勝手に上がってるのは、銀の鍵による脳内３Ｄマップにリンクしているからでしょう？

「あれ、何か勘違いしていますか？」

「……とりあえず《空間認識能力拡張》を無効にして、銀の鍵も外してみろ」

言われた通りに銀の鍵を外し……ても脳内３Ｄマップがありますね。認識可能距離が激減しましたが……減り過ぎでは？　《空間認識能力拡張》を控えに入れると、脳内３Ｄマップが消えました。

「このマップ……銀の鍵の固有能力ではなかったのですね……」

「むしろ銀の鍵がその能力を強化しているのだ。本来はみな、スキルのみだぞ」

「銀の鍵はとても素晴らしいというのが分かりました」

「当然だろう。誰が作ったと思っている」

レア度Ｇｏでしたね。これもステルーラ様が作ったやつか。

スキルと銀の鍵を装備し直します。

「で、使いこなせているか？」

「いえ、正直あんまりですね」

「ふぅむ……何が問題だ？」

「純粋に処理しきれません」

「向こうでは人間だったか。純粋に処理能力の問題か？　それは実に惜しいな」

「切り替えのタイムラグが厄介ですね。視界外が分かるのは確かに便利ですが」

「……む？　さてはお前、まだ視覚情報に頼っているな？　目、潰してやろうか」

さすが外なるもの。発想がぶっ飛んでますね。

「《空間認識能力拡張》に慣れてしまえば目など劣化品でしかないぞ？」

「色も分かるようになるのですか？」

「なる。と言うか、仲間になるなら目は今のうちに捨てておけ。目がない種などザラだぞ？」

……確かに？　そう言えばアルフさんも、高さは頭がある位置だけど、首が付いているわけじゃないから真後ろも見れるとか言ってましたか。

でも《空間認識能力拡張》は掲示板では見たことありません。スライムやゴーレムなど、アルフさんも含め違う見え方なのでしょう……。銀の鍵で解放されたSP16のレアスキルですからね。銀の鍵以外での解放条件はかなり厳しそうです。

「むぅ……」

「光を捧《ささ》げると他の能力に補正が入るぞ？　せっかく銀の鍵も持ってるしな」

「え、どういうことです？」

聞いたところによると、カバーできる能力は沢山あるし、何なら他に回せるリソースがあるから、他の人より効果が上がるのもあるよ……と。

目が見えないなら兎のように耳を良くして聞き分けたり、コウモリのようなエコーロケーション能力を得るのも良い。耳が聞こえないなら表情を読み取る能力や読唇術を覚えたり、《念話》を覚えて相手と繋ぐのも良い。そういう者こそ清々しいぐらいに特化してくるから、とても厄介だったりするようで。

まあ『簡単』とは一言も言っていませんが、この世界はスキル制のファンタジーです。努力すれば実際に選び取れるんですよね。

私の場合は実に単純です。目からの情報と、脳内の《空間認識能力拡張》による情報。この意識的な切り替えが難しいなら、最初から目を閉じればいい。ハイブリッドなんてせず、最初から処理を《空間認識能力拡張》に回せばいいのです。

そもそも上位互換があるにもかかわらず、目という劣化品を使っているのが問題だ……と、ワンワン王は言っているわけですね。複数の良いところでハイブリッドは良いけど、完全劣化品だから捨てろと。まだ色が分からないなら、色が知りたい時だけ目、開ければ？　というわけですね。

ええ、実に単純といえば単純ですけどね。《空間認識能力拡張》に集中すれば、スキルレベルの上がりも良くなるとは言え……慣れるまでおさらばしたくないですね。

とりあえず、目隠しとかアイマスクの購入も視野に入れるとして……それはダンテルさんに相談すればいいでしょう。

問題は目を閉じて、《空間認識能力拡張》をメインにした時の恐怖心克服からですね……。これが曲者でしょう。脳内3Dマップのみで行動できるようにならないと、話になりません。これはかなり個人差あるでしょう。

しっくり来るまで色々試すしかありませんね。『人間慣れる生き物だ』とも言うので、自分が慣れるのが早いことを祈りましょう。

ぶっちゃけゲーム的に言うなら、盲目という状態異常中にのみ発揮する、効果が上がるスキルがある……でしょうね。よくある暗闇とかでも効果あるのかは分かりませんが、試す価値はありそうです。他には……このゲームにあるか知りませんが、酔拳とかでしょうか。

ワンワン王と雑談しながら言語も習い、キリの良いところでお別れ。

魔動装置で捏《こ》ねられるお肉を尻目に製パン機の方へ。

全自動製パン機のＵＩでインベントリから……強力粉、中力粉、薄力粉、全粒粉をセット。魔法の調味料セットから塩、砂糖、生イースト、インスタントイースト、レーズンの天然酵母をセットします。自分の登録したレシピから作るものを選択し、個数を入力したらあとは放置。セットした原材料が必要分減り、勝手に混ぜられる。その後チクタクされて醱酵《はっこう》も済まされ、成形されて更にチクタクされ、後は焼くだけの状態で出てきます。全自動しゅごい。

この作業工程速度に周囲のマナ濃度が影響あるようで、要するに機械が動くためのエネルギーがどのぐらい周囲にあるか……ですね。魔石セットする枠がＵＩにありましたが、錬金で使うのでパスで。ハウジング系魔動装置の燃料として微妙に値段が上がりそうですね……。

燻製機《くんせいき》の方も原材料をセットし、ジャーキーを作ってもらいましょう。売れますからね。むしろ料理系の主力。

ホワイトリカーに漬けたホーリープニカをチクタク……消費ＭＰがかなり減っていますね。こいつやっぱり空間系に属してましたか？　鍵で半減、称号で５％減ぐらいなので、使い勝手がかなり上がりましたね。一度に飛ばせる時間が伸びるというのは楽でいいことです。それでも消費が多いことに変わりないのですが。

軍隊魔戦蜂から採れた蜂蜜も使用して、蜂蜜酒も仕込んでいます。勿論《もちろん》使用している水は追憶の水ですよ。この辺りは放置でいいので、楽でいいですね。

製パン機から出てきたパンを窯で焼きつつ、紅茶の配分を決めたり、腸詰め用の配分を変えてみたりと、私の好みで決めていきます。リアルのお仕事とは違い、万人受けする必要はありません。むしろ作り手によって差がある方が、掲示板では楽しそうにしてるんですよね。自分の好みの味を作る人を探して、お気に入りの料理人を見つける。たまには別の人の料理を買ってみる……とかの冒険が密かな流行りだとか？

バーベキューソースや焼き肉のタレがバーベキューセットで来たので、大体それ使うでしょうから私は避けます。メーガンさん繋《つな》がりのコネ、西のハーブ類を使用。ステーキ用のソルトハーブを作りました。試行中に最高に不味い組み合わせができたりしましたが、事故ですよ事故。

後は腸詰めの方も工夫。正直ステーキ用のソルトハーブ事故より、腸詰め事故の方が処理が辛かったですね。一回にできる量の差ですよ。タイミングの良い訪問者にプレゼントしました。多分渡す時に目が笑ってなかった自覚があります。間違いなく嫌な予感がしただろうリーナは、恐らくPTメンバーを巻き込んでいるでしょう。すまない。ムササビさんも1個食べた後、振る舞っていそうなので結構犠牲者いそう。

ハーブとレモンのさっぱりした腸詰め好きなんですけどね。いやあ、苦労しました。とりあえずまあ良いかな程度にはなったので、しばらくストップです。後はまた気が向いたらで良いでしょう。

ジャーキーも塩漬け用ソミュール液の配分を少し弄りました。違うハーブを加えた少量を沢山用意し、それぞれ数切れだけ漬けたのを纏《まと》めて燻製です。現状燻製用のチップが種類ありませんので、チップに合うハーブを探した方が良いでしょう。

美味しいものを得るためには、それに至るまでの犠牲はつきものです。香水で大体察せるでしょう。合わない香りは吐き気に繋がる。南無三……！

ブレンドティーはリアル知識があるため、むしろ楽でしたね。まだ種類が少ないので、組み合わせがあまり作れないのが問題と言えば問題でしょうか。畑の苗木、早く育ちませんかね？　どんな味か、楽しみなのです。

ソルトハーブのステーキ、レモンハーブの腸詰め、ハーブジャーキーをそろそろ委託に流しましょうか。バゲットはスープとセットで、ドッグパンはホットドッグに。ジャーキーはそのまま。

五行札は魔力紙を大量に作っておけば、制作はどこでもできるので、合間の時間にちまちま作っていました。

ちなみに《料理人》の30は【マジカルセレクト】でした。料理のバフ効果を選択できるようになりました。選べるバフ効果は本来のルールに従うようですが、バフが付く場合は確実に欲しい方が選べるのは嬉《うれ》しいですね。

狩りもしたいですが、エイボンの書を考えると先に言語を上げきってしまいたいところ。よって3時間以上の纏まった時間があれば言語のお勉強。とは言えずっと勉強はダレるので、休日は狩りなどに回し、学校の帰宅後に《古代神語学》を上げるのが楽です。

そして寝る前に生産をして、作った物を委託に流して就寝。言語が終われば狩りや、町歩きでイベント探しができるでしょう。まあ、まだだいぶかかりますが。

図書館や図書室というものは、定期的に確認をした方が良いようで。しれっと《直感》が発動するようになっているんですよね。まあ、何かしらの条件を達成した……と言うわけなんですけど。片っ端から全部読んでいくのはさすがに面倒なので、この方法でも良いでしょう。

〈特定の条件を満たしたため、《錬金術》にエクストラアーツが追加されました〉


【Ex　魔化】

料理を魔力へと変換することで、本来食事できない種族が食べられるようになる。

料理を放置し過ぎると霧散してしまうことを除けば、他は変化なし。


《料理人》と《錬金術》が30必要で、知識を得れば解放されるようですね。

これでスケさんとかアルフさん、双子などの食事不可だった種族が、料理バフの恩恵を得られると。料理バフがなくても元のステータスが高かったので、重要なのはそこではありません。美味しい料理が種族気にせず食べれるようになった……が最重要でしょうね。味すら伝える魔力とは……いったいどんな物質なんでしょうね。私、とても気になります。

まあそれはそうと、次からバフが付いた料理だけは【魔化】しておきましょう。作業量を考えると他は微妙ですかね。露店なら必要な物を【魔化】してあげればいいのですが、私は委託ですから。

錬成陣の改良もしたいですし……時間が足りません。

《古代神語学》のカンストを最優先にするべきか。しかし土日まで潰すと戦闘スキル面が残念なことに。週間報酬の経験値チケットを使用するなら戦闘の方ですね。

しかしエイボンの書。できれば早く解読したいものです。暗黒の神話や呪文の集大成とされる超古代の魔導書。ツァトゥグァ、ヨグ＝ソトース、ウボ＝サスラ、アザトースなどに関する知識や儀式、呪文などが記されている。

それら神々の知識や召喚と退散の仕方、その他呪文が沢山書かれた物……それがこのエイボンの書です。ネクロノミコンにも欠落している禁断の知識が数多く含まれる。本のヤバさが知れるというもの。

とは言え、それはあくまで元になった原作の設定。ステルーラ様はヨグ＝ソトースと同一視できる描写がされていますが、他はできません。このゲームではファンタジー定番の魔導書なのでしょう。魔法職にとって、とても嬉しい補正をくれますし、《錬金》系統にも補正をくれてますからね。まあ、不死者以外が手にした場合は知りませんが。

結局は、ちまちまやるしかないんですけどね。次の公式イベント情報が出れば判断できるのですが、そろそろ出ると思うのですが……夕食中に更新されてるじゃないですか！

第三回公式イベント『ファンタジー運動会』の開催。
ライバルを斬り倒し、弓や魔法が飛び交うデンジャラスな運動会を開催します。
スポーツマンシップを投げ捨て、1位を目指しましょう。
歴史とは勝者が書くものです。死人に口なし。
……とは言いましたが、祭りなので奮ってご参加ください。

時期的には運動会ですが、随分血腥《ちなまぐさ》い祭りですね……。血祭りってか。

公式イベント開始前日までに自分の出たい競技にエントリーしておくだけですか。

運動会で同じチームになりたい場合は、当日にPTを組んでおけば良い……と。ただ、今回は運営的にはなるべくソロが好ましい。

開催日時は競技のエントリーから、確認ができる。

勿論見学だけも可能で、UIから好きな競技を観戦可能。ただ、観戦者は参加賞ぐらいしか貰《もら》えないので、1種目ぐらいは出ることを推奨。

的当て
弓、魔法で的を撃ち抜け！
マジカルバレー
アーツや魔法を駆使して華麗にファイト！
狩り物競争
くじで引いた敵がポップする！　倒してドロップ品を持ち帰れ！
借り人競争
くじで引いた条件に合う人を連れてこい！　そして敵からの要求は力で拒め！
パンジャン転がし
爆発しないようにゴールまで運べ！

魂《たま》入れ
籠の周囲にいるＭｏｂを倒して、敵より多く魂を集めろ！
地上＋1、飛行＋2、対人＋3、味方－2ポイント。
障害物競走
様々なトラップを潜り抜けゴールしろ！
トレジャー
くじで引いた素材を探せ！　死んだ時点で失格。
ツナ引き
綱とか普通なわけがない。制限時間内に釣ったマグロのサイズを競う。
死んだ時点で失格。
ＰｖＰ
Free For All
周囲は敵だらけ！
Kill Confirmed
倒した敵にタッチして死亡を確認しよう！
Conquest
超大規模陣取りゲーム！
商売も戦い

イベントエリアに露店を出せる。

各部門別に投票制。

そこそこありますね……。んー……出れるのは最大4競技。開催時間が被らない物を選ぶ必要があると。露店参加も良いですが……動きたいですね。

パンジャン転がし……あのイギリスの変態兵器、パンジャンドラムですよね？　まあ残念ながら、パンジャン転がし、障害物競走はステータス的に却下ですね。走る系は無理です。

狩り物競争、借り人競争、魂入れ……ＰｖＰはやるならフリフォですかね。フリフォがソロ。キルコンはＰＴ戦。コンクエはチーム戦。

移動が遅いというのは結構なデメリットですよね。キルコンもコンクエも不向きです。コンクエは騎乗が使えそうですが、絶対に敵に飛行がいるのでワイバーンは辛い。精々馬ですね。私の場合はやるならフリフォの方が楽でしょう。

と言うわけで、エントリーが開始されたら狩り物競争、借り人競争、魂入れ、フリフォで申請しておきましょう。

本番は……９月の第三土曜日ですか。三陣以降はこれが始めてのイベントになるんですね。

このイベントまでに、《空間認識能力拡張》を実用レベルにまで持っていきたいところです。そうすればフリフォはかなり有利になるはず。ここ数日目を瞑《つぶ》って行動したりと頑張っているのですが、恐怖心の具体的な理由が分かりましたよ。当然見え方の違いです。

目による視野は扇状。《空間認識能力拡張》による範囲は自分を中心とした球体。この違いが思ったより曲者なんですよ。視力の問題で遠くが見えなくても、何かあるなー……というのが分かる。《空間認識能力拡張》は範囲外は一切見えませんが、範囲内は背後だろうと見える。《空間認識能力拡張》を上げて認識可能距離を伸ばさないと、敵が真正面にいた場合でも、矢とか魔法が突然飛んでくることになる。

より具体的に言うなら……真っ暗な空間の中でランタンを頭に乗せ、ランタンに照らされている部分だけが背後も見える状態。これが《空間認識能力拡張》。ランタンではなく、懐中電灯やヘッドライトなのが目。ゲームで言うなら俯瞰《ふかん》視点……見下ろし型のゲームで、暗いマップをランタンで攻略するか、懐中電灯で攻略するかの違いです。

どちらもメリット、デメリットがあるんですよね……。

日常だと例えば人探し。人混みでも背後ですら探せる。ただし、遠くの人は一切見えない。服装すら見えない。捜し物も範囲外にあった場合、移動しないと一切見えない。実は2歩右に行くだけで良かったのに、それすら分かりません。

これらの問題は全て、《空間認識能力拡張》の認識可能距離が狭いことが問題。つまり、このスキルのレベル不足は、とても深刻な問題となります。ぶっちゃけスキルレベルを上げないとゴミスキルですね。

現状それなりの範囲にはなりました。一応目を閉じればギリギリ実用範囲にはなっているでしょう。本当にギリギリな気もしますが……まあ、まだイベントまで時間はあるので、当日にはもう少し広がるでしょう。

カラーになるにはまだスキルレベルが足りていない。つまり、料理は目でやらないと死ぬ。

〈ほねほねが訪問してきました〉

おや、スケさんだ。

〈ほねほねが訪問してきました〉

〈ほねほねが訪問してきました〉

〈ほねほねが訪問してきました〉

〈ほねほねが訪問してきました〉

〈ほねほねが訪問してきました〉

ちょっと？　外に出ましょうか。

あれ、立像じゃない。

〈ほねほねが訪問してきました〉

〈ほねほねが訪問してきました〉

ほねほねが訪問してきました>
ほねほねが訪問してきました>
ほねほねが訪問してきました>
ほねほねが訪問してきました>

〈ほねほねが訪問してきました〉

〈ほねほねが訪問してきました〉

〈ほねほねが訪問してきました〉

〈ほねほねが訪問してきました〉


……ああ、理解しました。

「なに反復横跳びしてるんですか」

「やあ姫様！　どうだった？」

「ログが流れました」

「あ、やっぱり？」

入ると通知が来るので、離宮の境界で反復横跳びをすると通知爆弾が完成すると。何という悪用。

「一発ネタにはなるか」

「むしろ一発ネタにしかならない」

何回もやられたらキレるのでは。

我が家の場合は冥府の試練をクリアした不死者ぐらいしかできませんけどね。じゃないと外出れませんし。

「それはそうと姫様、土曜日第四エリア行こう？」

「方角はどこです？」

「どこが良いかねー？」

「そう言えば私、第三エリアは北東と東しか開放してませんね」

「僕達ポーションを使わないしねー。レベル上げもしたいし、やっぱ東かな？」

「良いですよ。何時からにします？」

「午後からかなー。昼食べた後！」

「分かりました。フィンフェルデンですね」

「名前知ってるんだ？」

「あ、そうだ。北東にしますか？　そっちの方がダンジョンが近いですよ」

「お、いいねー。ダンジョンあるの？」

「北東のヴァルオワッセから斜め右下のエリアにあるらしいです。フィンフェルデンからだと北に2個ですね。ソフィーさん情報です」

「ふぅむ。じゃあ北東を開放しに行こうかー。時間あるようなら東も開ければ良いし？　ダンジョンも気になるしねー」

「では昼食後、フェルフォージ集合ですね？」

「それでよろしく！」

そろそろかなーと思っていたら、予想通り第四エリアのお誘いでしたね。

まずは北東を開放して、恐らくダンジョンでしょう。東を開放するならPTが良いですが、別にすぐに開けなきゃいけないわけでもなく。

　そうなるとダンジョン行きたい欲に抗えないでしょうから、ダンジョンでしょう。右下辺りの敵の強さと、ダンジョンの敵の強さ次第では引き返すことになるでしょうけど、そうなったら東の開放に行けば良いですからね。

「で、最近姫様どうよー？」

「最近は言語学に時間が吸われてて、全然動けてないんですよね」

「全然上がらん？」

「リアル3時間で5ですね。ゲーム内1日使って10です」

「6時間で10かー……」

「言語学は運動会までにカンストするかどうか……ってところですね。寝るまでの微妙な時間は生産してるので、一応ステータスは上がってるはずです……」

「あー、イベント情報出てたねぇ。何出るか決めたー？」

「かりもの2つに魂入れ、フリフォでしょうか」

「お、ＰｖＰ出るんだ？」

「フリーフォーオールですし、まあ良いかな……と。と言うか他もＰｖＰなの多そうです」

「まあ確かに」

　その後スケさんと少しだけ話して解散。

　寝る前に組合に行って委託へ出し、ログアウトです。

■公式掲示板6

【もうすぐ】総合雑談スレ　96【10月】

1. 休憩中の冒険者
　ここは総合雑談スレです。
自由に書き込みましょう。
ただし最低限のルールは守らないと、運営が飛んできます。
いやほんとに。最悪スレごと消されるからマジやめろ。
前スレ：http://＊＊＊＊＊＊＊＊
>>940 次スレお願いします。

477. 休憩中の冒険者
　あー、なるほど。

478. 休憩中の冒険者
　あーなる。

479. 休憩中の冒険者
あなる！
480. 運営
ケツの穴に剣突っ込んで奥歯ガタガタ言わすぞ。
481. 休憩中の冒険者
剣とか死ぬんですがそれは。
482. 休憩中の冒険者
はい先生！　運営の発言の方がアウトだと思います！
483. 運営
審議拒否。
484. 休憩中の冒険者
おまっ。
485. 運営
私が法律です。
486. 休憩中の冒険者
草。
487. 休憩中の冒険者
そういや、姫様がキャンプイベントの動画上げてたな。

488. 休憩中の冒険者
スケさんのあれな。笑ったわ。
489. 休憩中の冒険者
完全にコントだったやつな。
490. 休憩中の冒険者
あの嵐は酷かった……。
491. 休憩中の冒険者
ああ、酷かったな……。
492. 休憩中の冒険者
そういや、三陣はあれ体験してないのか。
493. 休憩中の冒険者
三陣は次のイベントが最初だべな。
494. 休憩中の冒険者
何やるんだろうな？
495. 休憩中の冒険者
さあなあ……時期的になんだ？
496. 休憩中の冒険者
ハロウィンは……10月か。運動会とか文化祭の時期か？

497. 休憩中の冒険者
やるなら文化祭より運動会だろうなぁ。
498. 休憩中の冒険者
まあ、ゲームで文化祭やってもな……。
499. 休憩中の冒険者
運動会だってよ！　公式に情報出たぞ！
500. 休憩中の冒険者
おっしゃ！　チェックせな！

11　土曜日　9月第二

朝起きて、平日分の委託売り上げの回収へ向かいます。ジャーキー、ホットドッグ、オニオングラタンスープ、五行札、魔粘土。そしてエルツさんに属性金属。

委託分の手数料も引かれて、合計674万。5日間の合計ですが、素晴らしい儲《もう》けです。施設分の回収は楽でしたね。ジャーキーとホットドッグがとても良い効率。

とりあえず必須レベルの施設は買ったと思いますし、ニフリートさんにアクセでも頼みましょうか……。後はダンテルさんに目隠し用の装備も頼みたいですね。

一度ログアウトして朝食などを済ませます。

そして午前中のログインです。

ふとご飯を食べてる時に思ったのですが……キャラクリで目閉じにした場合、このゲームだとどうなるんでしょうかね。中央広場のベンチに腰掛け、掲示板で検索をかけます。

オプションで通常を目閉じに設定することが可能。この場合、見た目通り見えないようにするか、通常通り見えるようにするか設定が可能。特に縛りプレイがしたいわけじゃないなら、目閉じや糸目キャラは後者の設定を推奨。

やはりそうですか。目閉じキャラとか糸目キャラは一定数人気ありますからね。ですが、通常通りに見えなくなったらやってられません。そのための設定なのでしょう。

意識すれば目を開けることが可能なので、どっちの設定でも状態異常の暗闇は普通にかかる……と、これは運営が言ってますね。

……これを利用すれば目隠しは不要ですね。強いて言うなら、リアルの方のお金が微妙にかかるということでしょうか。キャラクリで弄る必要がありますからね。

目隠しをアクセ枠で作ってもらえば、ステータスも上がるので悪くはないのですが……煩わしそうなのと、ビジュアル的な問題が？

ダンテルさんは……いますね。製作者と話した方が手っ取り早いでしょう。

「……お？　やあ姫様」

「おはようございます。少々相談がありまして」

「珍しいな。なんだ？」

「目隠しやアイマスクなどのアクセは作れますか？」

「んー……まあ、可能だな」

「スキル関係で目隠しが重要なんです。目隠しか、キャラクリで弄るか。悩んでまして」

「ふーむ……怪盗とかのパピヨンマスク？　あれなんかも作ろうと思えば可能だろうが、問題は留め方か？」

「システム的なあれはないのですか？」

「『留められるような構造がある』なら機能するが、そうじゃないならしないんだよ。だから浮いてるような、『それどうなってんの？』は現状無理だな。できるようになるのは判明してるが、スキルレベルが足りん。エクストラか3次スキルだろう」

「んー……アクセ枠をいい加減埋めようかと思ったのですが……。遮ることができればいいのですが、デザイン的にはどうです？」

私を下から眺め、回るように手をくいっとされたので回ります。

「うーん……一番簡単なのはハチマキみたいに目を覆って後ろで縛ればいいが、それだと髪型は変える必要があるな。それに今の服装的にも微妙だろう」

後ろで縛ると……丁度編み込み部分ですか。ダメですね。

「あー……メガネだと欲しい効果を得られるか？」

メガネを受け取ってレンズ部分に布を折って合わせますが、いまいちですね。

「一応効果はありますが、これでは誤差ですね」

「求めるほどの効果は得られない……と。ゴーグルとかにしないとダメか。それはちょっとな……眼帯も両方に付けたら間抜けだし……」

ダンテルさんとあーでもないこーでもないと試したりもしますが、どうにもしっくり来ませんね。

「と言うか、取り外しは考えなくても良いのか？　切り替えも重要なんだったら、キャラクリが一番な気もするが」

「あー……ちょっとプリムラさんの試射場を借りてきますね」

「おう」

　確かに、メガネとかならまだしも巻くタイプとかだと困りますね。

　とりあえずダンテルさんのお店を一度出て、近くにあるプリムラさんのお店に入り、そこから試射場へ。ここなら距離が分かりますからね。的が範囲に入る位置で距離が分かるでしょう。

　その結果、だいぶ分かりました。

　まず銀の鍵は2倍の補正があります。そして目閉じは1・5倍。素の状態で的から私が23メートル。私を中心に球状なので半径ですね。倍にして直径46メートル。そして私の《空間認識能力拡張》は現在23レベル。銀の鍵を装備すると的から私が46メートル。直径92メートル。更に目を閉じると的から私が69メートル。直径１３８メートルです。

　そして掲示板を見る限り直射は短弓が40メートル。長弓が50メートル。和弓が60メートル。つまり直射は範囲内に入りました。問題は曲射されると１２０メートル、１６０メートル、２００メートルなので範囲外に出ます。ですが曲射はまあ……比較的余裕があるのでこの際良いとします。

　曲射より機械弓……クロスボウですね。これの直射が１００メートル。ただし、50メートルから威力減衰と、命中率の低下が発生するようです。曲射は実質不可で、音はうるさいらしいですが、近距離は強いらしい。

　魔法は魔法により射程が違うのでなんともですが、基本的には長弓ぐらい。

　何はともあれ、半径１００メートルは欲しいですね。それまでアクセにするのは危険でしょうか。目を閉じないと長弓と和弓が範囲外に出るのはよろしくないですね。スキルレベルが半径とイコールだとすると、大会前までに30にしなければ。そうすれば銀の鍵だけで半径60メートルにはなるはずです。理想は33レベだと……66で１・５……じゃ妖怪１足りないですか。34ですね。

つまり……切り替える必要性があるため、装備で用意するのはまだ向かないということですね。

ダンテルさんに連絡しましょう。

「検証の結果、切り替えが必須そうだと判明しました」

『そうか。じゃあ見送りだな。他になにかあったら来ると良い』

「そうさせてもらいますね。ではニフリートさんのお店へ行ってきます」

『ああ、じゃあな』

プリムラさんのお店を後にし、今度はニフリートさんのお店へ向かいます。

ニフリートさんのお店は……お洒落《しゃれ》ですね？《細工》系の生産者なので、簡単に言えば装飾品店です。宝石店でも良いかもしれませんが、基本的に宝石単品で売っているわけではありません。ゲームの装備的に言うとアクセ屋。ネックレスやイヤリング、指輪に腕輪などのアクセを売っているお店。

ニフリートさんは……店員さんの横で作業中ですか。

むむ、ティーカップにソーサーのセットですか。ハウジング用の小物……欲しいですね。《料理人》の【テーブルウェア】は魔力で作った容れ物でしかないので、デザイン性は皆無です。

気に入った柄……安定の白地に青で描かれている物を手に取り、確認します。……中々本格的ですね。そんな高くありませんし、買いましょうか。む、魔粘土で作られたティーカップもありますね？　明らかに値段が違う。

「おや、おはよう姫様」

「おはようございます、ニフリートさん。作業は終わりましたか？」

「店舗にいる時は本格的にやる前処理みたいなものだから、一応中断は可能なの」

「そうでしたか。こちらの食器類も《細工》系なのですか？」

「それは合作だよ。別の人が形を作って、私が模様入れて、作った人が焼くの」

「私の魔粘土で作られてるっぽいのは……」

「買ってるって言ってたね。もっと数欲しいとも言ってたけど」

「魔粘土は優先度が低いんですよね……」

値段的にはそこそこですが、使う人がそもそも少ないんですよね。それなら蘇生薬《そせいやく》を作った方が……。とりあえず魔粘土で作られた方を買いましょうか。2万ですね。1万が粘土代として、残りを山分けでしょう。

「まいど」

「ところで、アクセを買いに来たんですよ」

「ああ、目的はそっちだったのね。欲しいステータスと形、宝石は？」

「指輪ですかね？　器用・体力・知力・精神辺りで、光と闇でしょうか」

「んー……これかな？」

［装備・装飾］　ヘマタイトの指輪　レア：Ｒａ　品質：Ｂ＋　耐久：１４０
丁寧にカットされた大粒のヘマタイトが付いた指輪。
装備者の知力を強化する。
製作者：ニフリート
《鑑定　Ｌｖ10》
ＭＤＥＦ：△
《鑑定　Ｌｖ20》
知力上昇：中
闇系統魔法強化：中
闇系統魔法耐性：中
暗闇耐性：中

あれ？　強い。ああ、でも……防御力は守護シリーズの方が高いですね。

宝石がついてない指輪もありますが、魔法系の強化はなし。つまり値段差が凄い。

「何個必要なの？」

「まだ7ヵ所空いてるんですよ」

「そんな空いてたのね。結構な額になっちゃうけど……」

「生産で稼いだので、そこは問題ありません。2Mあれば足りますよね？」

「7個なら……1・8《いちはち》ぐらいかな？　宝石持ち込みなら1・4《いちょん》」

持ち込みで140万ですか。少し売りましょうかね？　正直宝石より、魔鉄が足りませんし。

器用2、体力1、知力2、精神2ですかね。宝石は……セレスタイト4、ヘマタイト3でしょうか。闇系統魔法強化は種族でもされてますし、何より闇吸収の私に闇耐性は無意味です。どうせなら等倍である光耐性を優先しましょう。

セレスタイト4個、ヘマタイト3個を生け贄《いにえ》に、140万で指輪7個を購入。早速装備して、まさにゲームなことをします。それは……装備枠の横にそれぞれある、目玉マークを潰していきます。すると指に嵌《は》まっていた指輪が消えて、邪魔になりません。これ強いけど見た目気に入らないとか、装備の見た目に合わない場合に使用します。見えなくなるけど装備はしてるので効果は発揮したまま。

なお、この機能はアクセサリー専用です。武器とか盾には勿論《もちろん》使用できませんし、各部位の防具にも使用できません。そっちはアバター枠使えということですね。

今まで装備してなかった部分に装備できたので、これで結構強化されたと思うんですよ。後は背と外套《がいとう》が空いてますが……この2つはまあ、良いですかね……。

ああ、そうだ。ワーカー用のカバンを買おうとしてたんでした。

「ではダンテルさんのお店に行ってきます」

「毎度どうも。あんま耐久減らないけど、壊れる前に修理持ってきてね」

「気をつけておきますね」

ニフリートさんのお洒落なお店を後にして、再びダンテルさんのお店へ。

「お？　また来たのか。どうした？」

「ワーカー用のカバンを買おうとしてたんですよ。忘れてました」

「ワーカー……ああ、あれか」

ダンテルさんに収納系を見せてもらいます。

バックパック。手提げバッグ。腰のポーチ。容量としてはポーチ＜手提げ＜バックパックですね。正直武器などが持てなくなる手提げはゴミらしいですが。

バックパック安定ですかね。

「これ、これにしましょう。背負い籠」

「あえてそれか……」

「背負うの骨ですからね」

3万で10枠の背負い籠を購入し、ワーカーに装備させて召喚します。

「何というか、シュールだな」

「まあ……これで受け取りが楽になるので、良しとしましょうか」

ワーカーの籠に手を突っ込んでみると10枠のＵＩが出てきます。

「お、こっちも【インベントリ操作】が可能なんですね」

「《空間魔法》か」

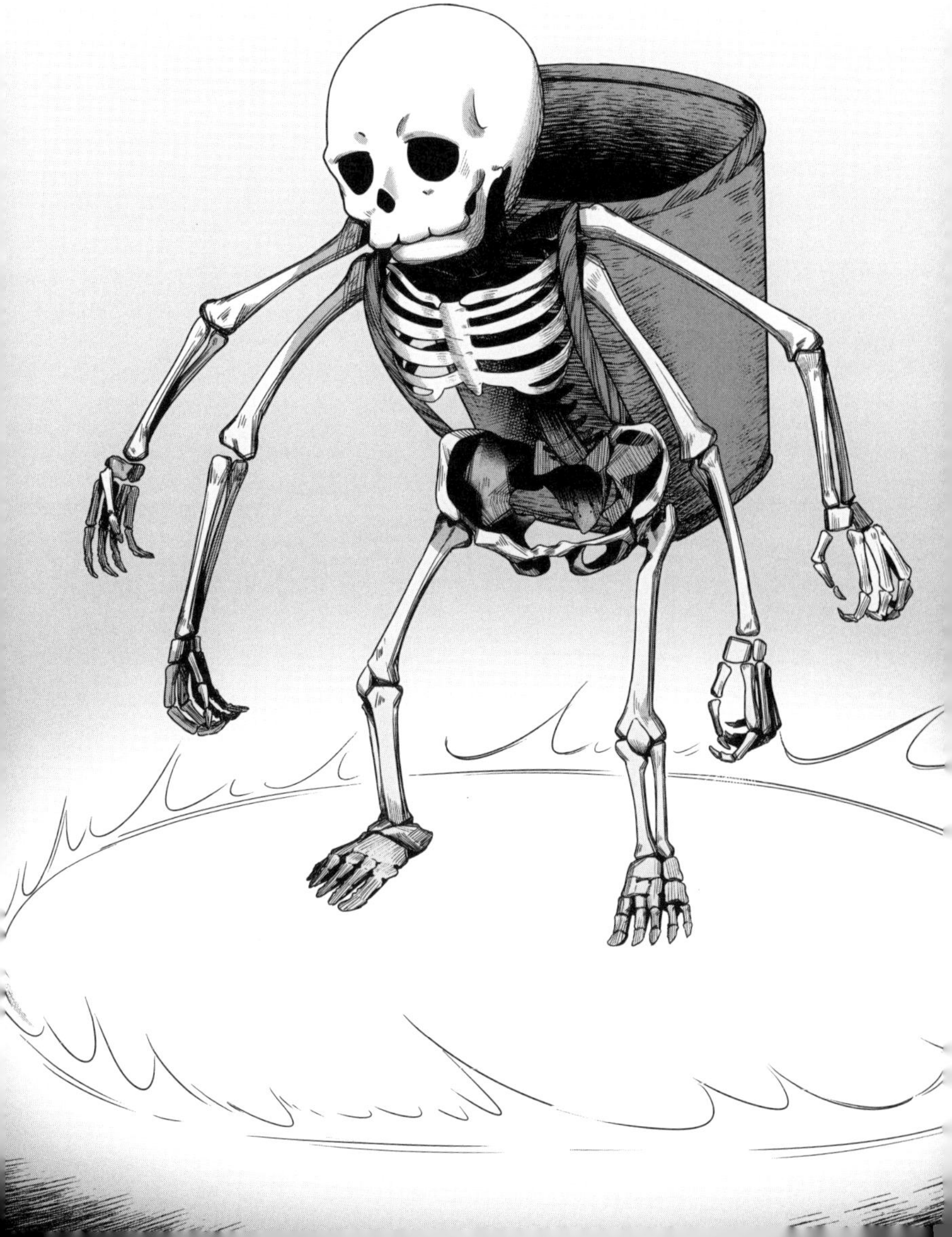

「お？　ん……？」

「どうした？」

インベントリ共有化という選択肢が出ているので、押してみます。

すると銀の鍵が腰から浮き、ワーカーの籠の開いている空間に刺さり、開けるように回ると……

鍵は腰にワープして帰ってきました。

「なんだ……？」

「なるほど……この籠も私のインベントリのショートカットになっていますね」

「なに？　《空間魔法》か？　それとも銀の鍵の効果か？」

「恐らく両方です。【インベントリ操作】と銀の鍵の連携かと……」

「むむ……さすがアーティファクトと言うべきか……」

私の装備しているベルトポーチと同じく、ワーカーの籠もショートカットに。共有化されたことで背負い籠の10枠が私のインベ枠を増やし、ワーカーが背負い籠に入れると直接私のインベに入ると。最高ですね。

他の素体にも装備させて共有化すればインベ枠が増える……でしょうけど、もはやインベに困ってないんですよね。【インベントリ拡張】がなくても良いぐらいには。もはや《空間魔法》に常時経験値を入れるため、使用しているような状態です。

そもそもインベがパンパンだったのは食材達のせいで。それらを生産キットの収納にしまえるようになった時点で解決済みです。

ということで見た目の問題的にもなしですね……。ワーカーだけで十分でしょう。

「背と外套が空いているのですが、何かありませんかね？」

「背と外套ねぇ……。ドレスなのが最大の問題だな。大体背はバックパック。外套は冷寒耐性だから悪天候時にお薦めだが……不死者には関係ないっけか？」

「環境ダメージ系は進化してから関係ありませんね……」

「両方なくても良さそうだな。欲しいならショールとかストールになるか？　あのお嬢様達用に作っておくか……。アプデ情報に天候もっと変えるとかあったな」

そう言えば、もっと天候変化を頻繁にさせるとか書いてありましたっけ……。その方が変化があって面白そうですが、対策も必要になりますね。エリーとアビーは必要そうです。

【遮光機構《アンソール》】なくなったんですよね……。《空間魔法》系で何か工夫できませんかね？　まあ、天候崩れたら検証しながら考えましょうか。

これ以上は特に買うものがなさそうなので、ダンテルさんのお店を出ます。

少し早いですが……お昼にして午後に備えましょうかね。

昼食後、ログインする時にワールドではなくキャラクリへ行き、目を閉じた状態をデフォルトに設定してからワールドへ接続。

うん、ちゃんとなっていますね。範囲も広がっていますし、目を開けるには割としっかり意識が必要と。びっくりした時とかに目が開かなければ問題ありません。これで良さそうです。

《空間認識能力拡張》を上げるには、もしかして町中でこれを使用して観察するのが一番効率良いのでは……？　人が多い始まりの町の中央広場……ここが一番活かせる？　それはつまり経験値の入りも良いわけで……。時間までここでスキル上げしましょうか。

「……お姉ちゃん何してるの？」

「お姉ちゃん今スキル上げ中」

「ここで？」

「そ、ここが効率良さそうだなって。運動会までにある程度上げたいから」

「……感知系？」

「せっかく取ったレアスキルだから、最大限活かすために目も閉じました」

「マジか……」

感知系と言えば感知系でしょうか。この視点は《感知》と《看破》系スキルを最大限活かせるでしょう。フォースを……マナを感じるのです……。

基本的には人間の視覚情報ですが、確か蛇系が熱源感知系持ってるんでしたっけ。《空間認識能力拡張》は心眼の方が近いかもしれませんね。

まあ、レアスキルなので秘密ですけど。

「お姉ちゃんお昼は？」

「もう食べたよ。午後からスケさん達と第四目指して狩り行くから」

「どこー？」

「フェルフォージ」

「北東かー」

アルフさんがフェルフォージにいますね。スケさんはまだですか。まだ時間はありますし、もう少しスキル上げに勤しみましょう。妹はご飯を食べに一度ログアウト。

お、上がりましたね。

プリムラさんのお店でチェックした感じ、スキルレベルがそのまま半径で良さそうです。

さて、銀の鍵でフェルフォージの中央広場へ。

「ん、やあ姫様」

「こんにちは、アルフさん」

出たところにアルフさんがいて合流。

アルフさんがスケさんを呼んで集合っと。

「やあやあ！」

「よし、じゃあ行こうか」

アルフさんが馬なので、私とスケさんもワイバーンではなく馬を召喚します。

第四エリアにはフェルフォージから右上に斜めに抜けます。フェルフォージの北と東は山なので、間の低くなっている部分を道とし、そこを通ることになりますね。アンデッドの馬はとても良い。スタミナという概念がないため、常にトップスピードを維持できる。襲歩……とも言いましたか。

しかしですね……このマップは相手がゴーレムなんですよ。まあ、つまり……相手も常に最高速度で追ってきますよね。

「ゴーレムライダーが追ってくるなぁ」

「追ってきますね……」

「速度は遅いし振り切れるべー。前に人いたら倒そう」

ゴーレムの乗り物にゴーレムが乗ってる、アイアンゴーレムライダー。乗り物の方は犬に近く、上は人っぽい。ゴーレムなのだから、乗せる必要はなかったのでは……？

「あれ、ケンタウロスの様なゴーレムではダメだったのでしょうか？」

「ケンタウロス型よりはあれの方が弱そうだし、わざとじゃないかな？」

「確かに、あえて欠点などを作るため……という可能性もありますか」

他にもガーゴイルやアイアンウルフなどもいますが、付いてこれそうな敵はいませんかね。

アイアンウルフが厄介と言えば厄介でしょうか。毛が鉄のように硬いウルフです。色も鉄っぽい。動物なので速いですが、スタミナあり。ゴーレム系は重量があり遅いですが、スタミナなし。

これと言った問題はなく、第四エリアまで行けそうですね。

「クックック、フハハハハ、ハーッハッハッハ！　僕は最速！」

「俺ら並走してるけどな」

「……クックック、フハハハハ、ハーッハッハッハ！　僕らは最速！」

「やり直すな！」

三段笑いですね。笑いの三段活用とも言いましたか。主に悪役用ですけど……見た目的には似合うのでは？　なんたってリッチです。骨ですからね。

「お、もうすぐ第四ー」

「まだ碌《ろく》な敵情報なかったんだよね。アイアンからスチールになってるらしいけど、それぐらいしか分からなかった」

「鉄が鋼になりましたか。速度が変わらないなら振り切れるでしょう」

上り坂だったり下り坂だったりと、上下に忙しい山道を疾走することしばらく。第四エリアへと入り、チラチラと脳内３Ｄマップで敵を察知します。アルフさんの言うようにスチール系になっていますね。

正直色や質はまだ分かりませんが、《識別》などの『見る』ことが条件のスキルは動くんですよね。名前と形が分かれば、色や質は大体察せます。このゲームに魔眼系があるかは分かりませんが、少々気になりますね。

敵のレベルは42～45。マーダーガーゴイル、スチールゴーレムライダー、スチールゴーレムウルフが確認できます。

マーダーガーゴイルだけよく分からないので、目で確認します。片刃で軽く反った片手剣を持ってますね。ブッチャーナイフを片手剣レベルにまででかくした物でしょうか。さすがマーダー。殺る気満々ですね。体はまあ……ゴブリンを大きくして、質を石っぽく翼を生やした感じでしょうか。

まあつまり……。

「いまいち格好良くないですよね……ガーゴイル」

「ねー。リアル寄りってか……夢がないー？」

「そうだな。ロマンがない？」

いまいちこう、盛り上がりに欠ける見た目です。

スチールゴーレムウルフはウルフ型の鋼鉄ゴーレムです。ついに生物じゃなくなりました。

「様子見に来た奴が突然死んだって言ってたんだよね。原因が分かってないから注意しといて」

「あいよー」

「分かりました」

あまり代わり映えのしない山道を疾走することしばらく、脳内３Ｄマップの上空に敵を発見。そして《危険感知》が起動。３Ｄマップにしっかりとルート予測がされています。当然本来の視覚情報だけだと見える範囲しか表示されないので、かなり有利です。つまり上空から斜めに……視界に入らず掠《かす》るように当たる場合は《危険感知》が見えないわけですが、そこで《直感》です。お互いがお互いをカバーし合うので、この２つのスキルは両方取るとかなり便利ですね。

上空からの奇襲。かなりの速度ですね……敵はスカイゴーレム。指示は素早く簡潔に。

「上空！　散開！」

「「むっ⁉」」

《危険感知》は自分が狙われた場合、または自分が範囲攻撃に入っている場合です。他者やＰＴは主に《直感》側のお仕事です。《直感》の本領は他のスキルの強化、もしくは拡張でしょう。

『気づいた』ので、２人も私を狙うラインが見えたはずです。すぐに三角で先頭を走っていた私を避けるように広がり、私は逆に速度を急激に落とします。常にトップスピード……最大速なので、加速して避けるのは不可能ですからね。

減速したことによりタイミングがずれ、私の前方にスカイゴーレムが地面を爆ぜさせながら……ぶっちゃけ墜落では？　飛び散る地面と土煙。目では見えないので脳内３Ｄマップの方で警戒しますが、動いていませんね？　ランスで攻撃してみますが、普通に当たっているようです。

「奇襲後は硬直でもあるんですかね……」

「動いてないのかい？」

「動いてないですね……」

「【ノクスプロード】！」

スケさんの爆発も当たり、土煙もそれで晴れます。

現れたスカイゴーレムは地面に足を埋め、翼が地面に突き刺さっているようです。翼を動かし地面から抜き放ち、飛ぼうとしていますね？　勿論飛ばせる気はありませんが。

「あ、動き始めた。約６秒の硬直？　かなり長いですね」

「おぉ！　スカイゴーレムかっけー！」

かっけーと言いつつ、魔法を撃ちまくるスケさん。

羽ばたき地面に埋まった足を引っこ抜いて浮かび上がります。が、そこをアルフさんが両手剣で叩《たた》き落とします。

「よいしょぉ！」

叩き落とされたところで私とスケさんの魔法が当たり討伐。

私が取り込んで移動を再開します。

スカイゴーレムは色的にも恐らく鋼でしょう。本体のサイズは子供ぐらいで、特徴的なのは翼。緩やかなカーブを描いた翼は、剣が3本ずつぶら下がっていました。シルエットは細身ですが、ところどころがとても鋭く、足は鷹《たか》のようでした。

上空からの奇襲は足と翼の剣を、鋼の体という重量と降下速度に物を言わせて突き立てるようですね……。

「掲示板の情報提供者が即死した原因はあの落下攻撃かなぁ……」

「恐らくそうだと思います。足と翼の剣による特殊攻撃や特殊行動でしょうね」

「僕に来たら死ぬだろうなー」

「現状だと俺でもきついんじゃないかね？　角度的にも防ぎづらいだろうし……」

「あの地面の爆ぜ具合がただの演出か、それだけの威力があるかですよね」

恐らく斥候型だと思いますが、ここまで来ている人を即死させたので、それだけの威力はあるのでしょう。スケさんは間違いなく逝きますね。

「格好いいから僕も素体欲しいなー？」

「走ってればどうせ向こうから来るだろ」

「来るでしょうね……」

「使うかはまた別の話だけど！」

まあ、格好いい＝強いではありませんからね……。

同じ動きをさせても召喚した場合は金属ではないので、重量差であそこまで威力は出ないでしょうし？　アーマーは選べる素体に制限がありますから。

む、やっぱり来ましたか。今度はあのセリフですね。

「上から来るぞぉ！」

再び減速して正面に落とし、【臨界制御《オーバースペル》】と【六重詠唱《ヘキサスペル》】を使用して魔法を撃ち込みます。

スケさんは【ノクスエクスプロージョン】で土煙を飛ばしてから単体魔法に切り替え。

アルフさんはスケさんが土煙を飛ばすのを確認したら、騎乗のまま走ってきて思いっきり両手剣を振り抜きます。勿論アーツで。

落下直後は硬直が長いことを知っていますからね。そこを袋叩きにしないという選択肢がありません。飛び立つ前に叩き潰すに限ります。

スケさんが倒したスカイゴーレムを取り込み、移動再開です。

スチールトータス、スチールゴーレム、スカイゴーレムが町周辺ですね。

スチールトータスは人間の子供ぐらいあり、甲羅が剛鉄製。ドロップは鉄鉱石でしょうか？　それならアイアントータス狙った方が良さそうですが……。

スチールゴーレムは剛鉄製の3メートル近くある塊です。ゴーレム達は関節が繋がってなく、各パーツごとに孤立して浮いている不思議生物ですね。まあ、それを言ったら我々不死者も含め、魔法生物自体が不思議生物ですけど。ファンタジーですからね。

たまに降ってくるスカイゴーレムを叩き潰しながら町へ。

「うーむ……。ゴーレムを剣で叩くのはやっぱあれだなぁ……」

「耐久の減りが早いですか？」

「下手に振るとへし折れるから地味にプレッシャーある。まあ両手剣だから耐久は十分あるけど」

「へし折れたら笑ってやろー！」

「ハハハハ、ぬかしおる」

スケさんは純魔なので関係なし。私は刀身が折れてもまた作れば問題なし。

問題となるとしたら下僕達ですが、幸い装備問題が解決したので全員メイスが可能です。何とかなるでしょう。何とか……スケさんは覚えたんでしょうか？

「そう言えばスケさん、図書室行ってます？」

「いやー？」

「あ、これは持ってませんね……」

「おぉん？」

「『死霊の秘法と夢想の棺の考察』を読むと《死霊秘法》に【夢想の棺】【泡沫《ほうまつ》の人形】【泡沫の輝き】が追加されますよ？　それと霊体系で召喚も可能に」

「なにーっ！」

「うちの賢者《リッチ》さんは頼りねぇなー？」

「ぺっ」

「おっま」

図書室、このゲームだと結構重要ですよね。知識は武器だよ兄貴。なお、活かせる頭があることが前提ですけど。

それはそうと、ヴァルオワッセに着いたらスケさんが本を読む時間を取りましょうか。人形の方はまだ出番がないでしょうけど、装備は便利ですからね。

お、門が見えてきましたね。

「って、なんか随分ゴツいなぁ？　それだけの防御力が必要なのか」

「ゴツいなぁ？」

「トータスはともかく、スチールゴーレムとスカイゴーレムがいるしー？」

当然周囲の敵相応の壁が必要ということですか。すぐに壊される壁作っても資金や資材の無駄ですからね……。

「お？　あれバリスタか」

「特有のものじゃなければそうでしょうね……」

「ゴーレムなら的はでかいし、悪くはないのか？　スカイには辛そうだが……」

「バリスタで着地狩りすれば良いのでは？」

「射線さえ通せればいけるか？　バリスタの命中精度そんな良いのかね？」

「スキル補正あるし、それなりの精度になるのでは？」

「情報がなさ過ぎるか……」

「ですね……噂《うわさ》をすれば」

門が目前というところで、再びスカイゴーレムが降ってきたのでしばき倒し、何事もなかったかのように門へ向かいます。

「ごきげんよう、異人の不死者です。入っても？」

「来るだけあって良い腕だ。歓迎しよう。ようこそヴァルオワッセへ。このまま真っ直ぐ進めば主要施設は見つかるだろう」

「分かりました」

スカイゴーレムが降ってくるぐらいでは微動だにしない。さすが現地人。いつものことですか。

言われた通りに真っ直ぐ大通りを進み、中央広場へ。勿論まずはポータルの開放。これで転移が可能になりました。とりあえずスケさんを送り出し、私とアルフさんは休憩です。

「ドワーフの住人が随分増えましたね」

「ドワーフの国らしいからな。建物は全部石造りかな？」

「火事対策ですかね。後は……単純に石材が取りやすいからでしょうか」

「鉱石掘る時に出た石とかかね？」

「しかし、工房が多いでしょうから煙が沢山出てると思ったのですが……」

「それは思った。家から出てる煙の量が少ない？　もっと黒いと思うんだけど」

「不純物が少ないとか？　真っ先に思い浮かぶのは魔動炉的な物ですが」

「だねぇ。ファンタジーのお決まりと言うか、魔力が主燃料だから煤《すす》が？」

「コークスなどよりは環境に良いと言うべきでしょうか」

「魔力だけじゃなさそうだけど、何かしらあるんだろう」

「まあ鍛冶は本領ではないので、エルッさん辺りが頑張るでしょう」

石造りの町並みで中世感が出ていますね。まあ、ファンタジーなので中世モドキですけど。別にそれっぽいなら良いですよね。忠実に再現されてあの汚さならブチギレるでしょうし。さすがに私もそのゲームをやりたいかはとても怪しい。と言うか、魔法がある世界であそこまで汚くなることはないでしょう。【洗浄《クリーン》】というとても良い生活魔法があるわけで、水も出せます。ああなる条件は潰れているはず……。

魔法というとても大きな違いがある世界で、同じ発展をしている方が逆に不自然さがありますよね。違って当たり前と言えるはずです。

「ごめ〜ん待ったー？」

「うるせぇわ。その見た目で言うな」

ザ・人骨。

「この後どうしますか？」

「東の第四かダンジョンかダンジョーン？」

「もしくはダンジョンの情報集めに組合行ききか」

「ああ、採取か討伐クエストあるかもしれませんね。レベル帯も知りたいです」

「これは先に組合かな」

「そうしましょう」

「おっけー」

まずは冒険者組合で情報集めといきましょう。

■公式掲示板7

【環境破壊】総合生産雑談スレ　88【人の業】

1. 名無しの職人
　ここは総合生産雑談スレです。
生産関係の雑談はこちら。
各生産スキル個別板もあるのでそちらもチェック。
前スレ：http://＊＊＊＊＊＊＊＊＊＊＊
鍛冶：http://＊＊＊＊＊＊＊＊＊＊＊
木工：http://＊＊＊＊＊＊＊＊＊＊＊
裁縫：http://＊＊＊＊＊＊＊＊＊＊＊
…etc
>>940 次スレよろしく！

253. 名無しの職人

拝啓、お母さん。元気ですか。味噌《みそ》汁がとても美味いです。

254. 名無しの職人
お、おう。そうか……。

255. 名無しの職人
豚汁で頼む。

256. 名無しの職人
豚汁かー。ピグゥいるから作れるな。

257. 名無しの職人
ピグゥ狩るの楽だしな。

258. 名無しの職人
そこでピグゥモンクですよ。

259. 名無しの職人
あいつはあかんやろ……。

260. 名無しの職人
ピグゥにモンクが付くだけで生産職が狩るの難しくなるのほんと……。

261. 名無しの職人
ピグゥモンクに文句つけるんですね、分かるとも！

262. 名無しの職人

審議拒否。
263. 名無しの職人
ミントも生えない。
264. 名無しの職人
んなことより、属性武器がそこそこ出回り始めたな。
265. 名無しの職人
ちょいちょい見るようになったねぇ。
266. 名無しの職人
いたなぁ。未だに作り方が謎なんだが……。
267. 名無しの職人
おっちゃん、そろそろ教えてくれても良いのよ？
268. エルツ
あん？　まだ素材の入手法が限定的すぎる……とだけな。
269. 名無しの職人
ふぅむ……ってか、やっぱ魔力炉必要？
270. エルツ
魔力品扱うなら必須だぞー。
271. 名無しの職人

だよなぁ。高いんだよなー……。

272. 名無しの職人

生産施設は初期投資だからしゃあなし……。

273. 名無しの職人

あれ？　日課の姫様委託見たら料理に変なものが……。

274. 名無しの職人

日課なのか……で、なんだ？

275. 名無しの職人

料理が魔化されて全種族で食べられるようになってる。されてないのもあるけど。

276. 名無しの職人

んー……つまり、今まで食事できなかった種族も食べれると？

277. 名無しの職人

そうそう。ただデメリットがあって、出しとくと消滅するらしい？

278. 名無しの職人

魔化、魔化ね。なるほど……。魔力化して食べれるようになったけど、霧散すると。

279. 名無しの職人

多分そうなんだろうな。

280. 名無しの職人

料理にそんなアーツ追加されてないんだけど⁉
281. 名無しの職人
2次の30とかでなく？
282. 名無しの職人
30は超えとるが無いぞ？　条件付きのエクストラアーツ系か……？
283. 名無しの職人
もしかして：《錬金術》
284. 名無しの職人
あ、ありえる……。
285. 名無しの職人
姫様だからなぁ……？
286. 名無しの職人
錬金なんか上げてないのおおおおお。
287. 名無しの職人
そもそも取ってねぇわ……。
288. 名無しの職人
割と重要ポジションにいやがる《錬金》君。取得を考え始める。
289. 名無しの職人

それな。

290. 名無しの職人
姫様を見る限り、中間素材生成に重宝しそうなんだよな……。

291. 名無しの職人
《錬金》系は要求ステータスのせいで両立し辛いのが問題。

292. 名無しの職人
ほんそれ。

293. 名無しの職人
《錬金》上げれば素材屋ができる⁉

294. 名無しの職人
割と需要あるんじゃね？

295. 名無しの職人
割とってか、普通にありそう。

296. 名無しの職人
品質高いのできる……が前提だけどな。できるならまあ？

297. 名無しの職人
《錬金》は要求が魔法系だから気をつけろよ。

書き下ろし――冥府軍の人々

常夜の城の一角は、スヴェトラーナ率いる冥府軍が占領しています。

不死者である彼ら、彼女らにとって走り込みは無意味なので、やっていません。準備運動すら無意味です。よって、最初からある程度のグループ……分隊とかですね。それぞれで訓練をしているようです。

槍《やり》が体に突き刺さろうと、剣でうっかり腕を切り飛ばそうと、彼らはしれっとしております。ぼんやりと眺めるようなものじゃありませんね。実にクレイジーでバイオレンス。長く存在しているせいか、自分達の体に理解がありすぎる。

「王よ、ご見学ですか？」

「ええ、貴方は軍の者ですか？」

「そうです。まだまだ新参者ですが」

どうせ新参者（数十年）とかでしょ？　知ってますよ。騙《だま》されませんからね。

「いつもあんな感じで？」

「あー……総隊長がいないので、大人しい方かと」

そう言って苦笑しているのは、中々整った顔をした、焦げ茶色の髪と青い瞳の人間の霊体。身長は180ぐらいで、騎士っぽい服装ですね。

一言で霊体と言っても、エルフの霊体だったり、ドワーフの霊体だったりがいます。マシンナリーの霊体を見ると不思議な感じがしますが、それこそが道具ではない……個の証明と言えるのでしょう。メタ的に言ってしまえばNPCなのですが……それはそれ。

「ただ本物の英雄達がいるので、戦闘レベルは高いですね」

「……本物の英雄？」

「私のような作られた英雄とは違う者達ですよ」

「作られた英雄……ああ、政治的なあれですか」

「そうです」

要するに御輿《みこし》にされたわけですか。

「ああ、ご心配なさらず。これでも貴族の端くれ。国のためになるのなら……と、承知の上です」

おや、微妙な顔をしていたのがバレましたか。本人が納得の上、担がれたというのなら……私から言うことは特にありませんが、それにしては微妙な表情ですね？

「いえ、自分の生前にこれといって不満はありませんよ？　むしろ王家や家のためになれましたし、良き妻も迎えられましたから。ただ、総隊長や彼らと同じ枠として括られるのはちょっと……」

「ラーナはディナイト帝国の大英雄らしいですが、あの者達も英雄ですか」

「そうですよ。正確には最高ランク冒険者も混じっていますが、似たようなものですね」

なるほど。確かに英雄がラーナだけってことはないですよね。それに冒険者の最高ランクならソフィーさんぐらいと思っても良さそうです。そしてこちらに来てからも時間が経っているでしょうから、むしろ表の時より強くなっているはずなんですよね。

「あっちのは元大魔女《マギサ》と元聖女のコンビですね」

模擬戦している人達から少し離れたところでは、ローブ姿の2人が話していますね。エルフと人間だと思いますが、霊体かゾンビ系かは分かりません。

「聖女が軍にいるのですか？」

「いますねー……。彼女の言い分としては、『冥府の軍は侵略をしません。死者の安らぎを守るのもまた、我々なのです。軍と言うと物騒ですけどね。安らぎを守る守護者と言えば良いのですよ』だそうですよ」

「まあ確かに、ものは言いようですけど」

「聖女だもんで、口が回るんですよね……。その件に関しては流すことにしました。味方ですし」

……生前が聖女って言うと、厄介なのも寄ってくるでしょうし、自然と口は回るようになりそうですね。この人も生前は貴族で、作られた英雄なら相当演技はできそうですが。

「そう言えば、軍の注意点などは宰相からされていますか？」

「いえ、これといって聞いていないと思いますが」

「ふむ？　忘れているのかわざとなのか……」

「私は基本的に表にいますからね……。それに宰相やラーナは、まず強くなれと言っていますね」

「なるほど……。とりあえず教えるだけ教えておきますね」

　軍の者達が模擬戦してたり、話している方を見たので、同じようにそちらを見ます。

「ご覧の通り、ここには様々な人類がいます。全ての者が生前にステルーラ様信仰……なんてことはありません」

　おや、副隊長が全員信仰者的なことを言っていた気がしますが、違いましたっけ？

「しかし共通点はあります。生前で神々と関わりの深い者が、不死者になることが多いですね。具体的には誰かしらの加護持ちとか。誰かしらの熱心な信者だったりとか」

「ステルーラ様限定である必要はないのですね？」

「少なくとも、始まりは限定である必要はないみたいです。それはあれらや、総隊長の存在が証明していますね」

　模擬戦で張り切っている英雄は、生前シグルドリーヴァ様の信仰者で、元聖女はハーヴェンシス様の信仰者だとか。ラーナは当然のようにシグルドリーヴァ様だったとか。

「タイミングはそれぞれですが、ステルーラ様から打診があるんですよ。不死者にならないかと。あの元聖女はハーヴェンシス様の信者でしたが、『神々に対して、死後も直接のお手伝いができるのは間違いなくここだけです。外なるものは特殊過ぎますからね』とか言っていました」

「いやなら断れば良いいと」

「そうですね。霊魂として時が来るまでのんびり過ごすも良しです」

外なるものになれるなら、私はそちらになると思いますけどね。窮極の門……実に楽しみです。

永く幽世で不死者として存在していると、自然とステルーラ様の信仰になるとか。まあ一柱から打診があり、かつ雇い主ですからね。自然と意識するのでしょう。ステルーラ様は一番神託をくれる神としても有名ですし。……化け物達の保護者としても有名ですけど。

「運命とは分からないものだなーと、ステルーラ様を信仰していたんです。死後にステルーラ様のお声を聞けて嬉《うれ》しかったなー。で、気づけばこれですよ。完全に勢いでしたね。後悔などしていませんけど」

「結構緩いんですね？」

「他の者はどうか分からないですけどね」

……まさか住人全員にバックボーンがあるのでしょうか？　さすがにある程度の役割がある住人だけだとは思いますが。この人も作られた英雄とか、中々濃い設定のようですし。

おや、何やら真面目な雰囲気になりましたね。

「王よ。一応先に伝えておきますが……我々を動かす場合は、くれぐれも、ご注意ください」

「そう動かすことなんてないと思いますけどね。ステルーラ様の意に反しないよう、注意しますよ」

「それは大前提として、んー……唯一を持つ者の扱いを……ですかね」

「唯一を持つ者ですか？」

「その唯一はその者によるでしょう。騎士なら王族の誰かだったり、庶民なら家族だったり。要するに譲れないものです。唯一を持ち、なおかつ優先順位がはっきりしている者は強く、恐ろしい」

この人にとって……いや、不死者にとって重要なのは、ステルーラ様に任されている幽世。それが存在意義でもあり、唯一である。私の場合もステルーラ様が主になるので、私の唯一はステルーラ様と言って良いのでしょう。御心のままに……ですよ。

「王が我々を動かす理由が、奈落にあったのなら特に問題ありません。問題は現世の時です。我らにとって、もはやそちらに価値は無いのです。なんの躊躇《ためら》いもなく消すでしょう」

まあ確かに、そもそも住む次元が違いますからね。しかし暴れると必然的にこちらが忙しくなると思うのですが。殺したら魂はこちらに来るわけで、自分達で仕事増やしますよね。

「王は現世へ行けるのですから、情報を事前に持っていることもあるはずです。恐らくステルーラ様からの指示も王へ行くでしょう。望む結末があるのなら、我々への指示はしっかりとです。良いですか？　我らが動いた後の現世の状態は、貴女の匙《さじ》加減次第です」

このゲーム……って言うか、この種族難しくありませんかねえ！　これが権力の代償！　実際クエストが発生したら、ヒントやら何かしらがあると良いんですけどね。じゃないとクリア難易度がかなり高い気がします。

「おや、サイアー。見学ですか？」

「マルティネスですか。彼と話しながら見ていました」

「せっかくです、サイアーもどうです？」

「私もですか？　ラーナと剣術ならやっていますけどね……まあ、良いでしょう」

これで好感度上がったりとかしませんかねー？

あとがき

ごきげんよう！　子日あきすずです。

6巻です。つなぎ巻です。つなぎ巻ですが、新キャラが登場したり、エリー達がついにドレスになったりと、それなりの変化がありました。ファンタジー定番の魔女や、エリー達がドレスになったことで、レティ達もメイド服へ。


ちなみにですが、この作品では地味に……メイドさんと侍女で使い分けをしています。もっと言うならリアル側とゲーム側で違います。リアル側で主人公が言う場合、メイドさんです。侍女とは言わないでしょう。メイドさんです。コスプレとかでもない限り、そう見ることはないはず。

しかしゲーム側だとそうではありません。このゲームは王政です。王侯貴族！　夫人や令嬢とくればメイドさんです。メイド＝使用人ですね。しかし使用人と言っても種類やランクがあります。使用人は使用人でも、使用人の纏《まと》め役がいるのです。それが執事。執事は執事であって、使用人とは言いません。執事は執事という地位のあるお仕事です。そして執事は男性。

メイドさんですが、要するにその他大勢の使用人です。しかしメイドとは呼ばれない侍女という存在がいます。侍女は主人に認められ、夫人や娘のお世話係を命じられた人です。

当主の後ろで控えているのが執事なら、夫人や令嬢の後ろで控えているのが侍女です。表に出る人達なので、家でお掃除している人達とは違うわけですね。夫人や令嬢だけでなく、そのお付きの練度が低い＝その家の教育が微妙＝家が嘗《な》められるので、貴族としては致命的です。わざわざ悪い人物を夫人や娘に付ける必要はないのですから、侍女で使用人の練度が分かると言えます。

この辺りの使い分けは本編ではさらっと流すはずなので、ここで。貴族関係の話とかだいぶ先ですけど。


作中ではサーバーのハードウェア入れ替えを1日でしていますが、残念ながらリアルではありえないでしょう。少なくとも現状は。しかしこの作品、ジャンル的にはＳＦも絡んでくるんです。フルダイブという未来技術を使ったゲームが舞台の作品ですからね。データのコピーやチェック速度などなど、かなりぶっ飛んだ性能なのでしょう。今の回線は家庭では１Ｇｂｐｓが基本ですが、中には10Ｇｂｐｓを引いている人もいるでしょう。有効範囲はともかく、スマホでは５Ｇが来ましたね。この作中ではどうなのでしょうね。テラとかペタの可能性も。

リアルでもＣＰＵやＧＰＵの進化スピードは結構なものですし、そのうちそうなるのかもしれません。自作ＰＣが趣味の私としては大変楽しみです。

さて、キャラクターにも触れましょう。あとがきから読む派の人は、先に本編読んできて。

今回新キャラがちらほら登場しました。プレイヤーと住人です。

プレイヤーは主人公のクラスメイト。委員長です。委員長のキャラは地味に悩みましたが、案外エリーと被りそうだったので、小柄系にしました。それはそれでアビーと被りそうですが、アビーは元気系なので大丈夫でしょう。

住人はついに魔女の登場です。魔女って作品によって設定が全然違いますよね。この作品では薬師の権威です。凄い魔法薬を作る人達なので、重宝されるでしょう。設定的に、基本魔女は年寄りの方が多くなります。

掲示板で名前の出た大魔女《マギサ》・ローラですが、こちらはお姉さんといった感じ。20代なので、こちらも十分天才と言えるでしょう。胸部装甲も立派です。しかし主に主人公と関わるのはソフィー。本人が言っていたように、天才故の悩みか。

……実はローラはソフィーより年下で、ソフィーを見て魔女になるタイミングを調整した。


おっと、ページ数がないのでこの辺りにしましょう。

6巻、いかがだったでしょうか。7巻は中々濃い内容になりそうです。奴らが出て、公式イベントやって、進化まで行けると良いですね。

では、7巻でお会いしましょう！

二〇二一年六月某日

Kラノベブックス

Free《フリー》 Life《ライフ》 Fantasy《ファンタジー》 Online《オンライン》
～人外姫様《イモータルプリンセス》、始《はじ》めました～6

子日《ねのひ》あきすず

2021年8月31日第1刷発行
2022年2月 1 日第2刷発行

発行者	森田浩章
発行所	株式会社 講談社 〒112-8001　東京都文京区音羽2-12-21
電　話	出版　(03)5395-3715 販売　(03)5395-3608 業務　(03)5395-3603
デザイン	浜崎正隆（浜デ）
本文データ制作	講談社デジタル製作
印刷所	豊国印刷株式会社
製本所	株式会社フォーネット社

KODANSHA

ISBN978-4-06-524993-2　N.D.C.913　307p　19cm
定価はカバーに表示してあります

ファンレター、
作品のご感想を
お待ちしています。

あて先
〒112-8001　東京都文京区音羽2-12-21
(株) 講談社　ラノベ文庫編集部 気付
「子日あきすず先生」係
「Sherry先生」係

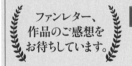